集英社オレンジ文庫

威風堂々悪女 9

白洲　梓

JN019821

本書は書き下ろしです。

威風堂々悪女 9

もくじ

威風堂々悪女 9

一章

雪媛《せつえん》と青嘉《せいか》のために新しく用意されたユルタは、大きくはないものの二人で暮らすには十分だった。移動式の住居であり、組み立てるのにかかる時間はほんの一刻ほど。そこに絨毯《じゅうたん》を敷き、僅《わず》かな家財を入れればすぐに生活を始められる。

青嘉は最初、シディヴァが本当にユルタをひとつ贈ってきたことに困惑《こんわく》していたようだった。そんな彼を尻目に、雪媛はありがたく受け取ることにした。雪媛や青嘉が居座っては、永祥《えいしょう》一家の邪魔であることは間違いない。

自《みずか》らも設営を手伝いながら、雪媛はその軽やかな住居の意味するところを考えた。移動する生活に適した家。高い城壁を築くこともなく、堅固《けんご》な門を構えることもない。後世に残る痕跡はほぼ皆無と言っていい。

（風のような国……）

通り抜け、吹き抜けていくような自由。世界を自らに合わせて変えるのではなく、世界に自らを合わせるからこその自由。

もちろんそこには逆に、環境にすべてを左右される不自由があり、瑞燕国《ずいえんこく》での生活に比べれば倹《つま》しく、生き抜くことが厳しいものではあるけれど。

二人のユルタには、純霞《じゅんか》やナスリーンが度々《たびたび》遊びにやってきた。組み立て終わった最初の夜には、シディヴァも新居祝いだと言って酒を手に訪れ、ささやかな宴《うたげ》となった。

夏が近づいていた。

草原には眩《まばゆ》く青々とした緑が広がり始め、陽光に照らし出され瑞々《みずみず》しい生命の輝きを放っている。夜は相変わらず冷えたが、ユルタの中は十分に暖かい。

寝支度をしながら雪媛が小さな鏡の前で髪を梳《す》いていると、青嘉が「やります」と櫛《くし》を取り上げた。

「さすがに髪が傷《いた》んできた。後宮《こうきゅう》にいた頃のようには手入れできないからな」

雪媛は自分の髪をひと房《ふさ》つまみ上げ、しみじみと見入る。

艶々《つやつや》と絹のようだった黒髪も、乾燥で少しぱさついてきた気がする。

「そうですか？」

鏡越しに、青嘉の顔が見えた。

雪媛の髪を指の間に通すように手に取ると、その黒髪に口づける。

「――綺麗ですよ」

雪媛は思わず、かっと頰が火照《ほて》るのを感じた。

夜を共にしてから、そしてこうして二人で暮らし始めてから、これまで臣下としての態度を頑《かたく》なに通していた青嘉が随分《ずいぶん》と変わった。以前なら、雪媛に触れることさえ躊躇《ちゅうちょ》していたのに。

「…………調子が狂う。そんなだったか、お前？」

「そりゃ、人のものにはこんなことしません」

苦笑するように青嘉が言った。

「……今は俺のものでしょ？」

黒髪に唇を寄せたまま、鏡の中で上目遣《うわめづか》いにこちらを見つめる。

ぎくりとして、雪媛は思わず目を逸《そ》らした。

（本当に、調子が狂うな……）

こういうのはひどく面映《おもは》ゆい。何よりこの程度のことで、自分が動揺してしまうのがいたたまれなかった。

背後から伸びてきた腕が、雪媛の身体を包むように抱きしめる。二人きりになるとよく、青嘉はこうして雪媛の存在を確認するように身を寄せた。

その温《ぬく》もりが心地よく、雪媛は黙って身を預ける。

「琴洛殿《きんらくでん》にいた頃、芳明《ほうめい》がよく、あなたの髪をこうして梳いていたでしょう」

「ああ」

「それを眺めながら、少し羨《うらや》ましかったのです。――あなたの髪に、触れてみたかったので」

「なんだ、言えばいくらでも梳かせてやったのに」

「……どんな顔をして頼めと」

雪媛は可笑《おか》しそうに笑った。

「そういえば、クルムの女は髪に装飾品をつけないな。いろいろな結い方はあるようだが。私も少し工夫するか」

雪媛は大抵、髪は下ろしたままにするか、ひとつに括《くく》る程度だ。たまにナスリーンが好き勝手に編み込んだりする。

「その……雪媛様。あの時の、簪《かんざし》ですが」

青嘉が、何やら言いづらそうに呟《つぶや》いた。

「え？」

「高葉《こうよう》への戦《いくさ》へ出る前に、置いていった……」

「……？　戦の前？　なんのことだ？」

「──え」

絶句した様子に、雪媛は肩越しに青嘉に目を向けた。

「青嘉？」

すると青嘉は戸惑《とまど》ったような表情を浮かべ、やがて黙り込んだ。

「…………いえ。なんでもありません」

「なんだ？」

「いえ。……やはり、あなたの髪には簪が合うと……そう思っただけです」

「……ふん」

鏡の中に映る自分の顔を覗《のぞ》き込む。

「クルムの都には、あらゆるものが流れ込んでくると聞いた。簪くらいあるだろう。──何か、選んでくれるか」

「本当に行くのですか、アルスランへ」

現在、クルムの王であるカガンの称号を持つのは、シディヴァの父オチルである。その都の名をアルスランといい、近々シディヴァはそのアルスランへと向かうことになっている。この夏、各部族の長《おさ》が集まり重要事項を決定する、草原最大の会議が開かれるからだ。

数年に一度開催されるこの会議において取り上げられる議題は、戦や法令、さらにはカガンや左右各賢王が位《くらい》に就《つ》く際の決定と承認などであり、まさに最高の意思決定の場だった。当然、左賢王《さけんおう》であるシディヴァは出席しなければならない。

「せっかくのお誘いだ。東西を結ぶ都を、この目で見てみたいじゃないか」

「ですが……」

アルスランはここからさらに西の地であり、瑞燕国からはますます遠く離れることになる。青嘉はあまり賛成できない様子だった。

「行ったきりになるわけじゃない。シディヴァも会議が終わればまた自領へ戻るだろう。その時は私もそれに従うだけだ。そう長い話ではない」

青嘉は小さく、はい、と答えたが、承服しているようには見えなかった。

雪媛がシディヴァについていくことにしたのは、確かに好奇心が大きい。草原を統《す》べる王とはどんな男なのか、合議制の大会議とはどのようなものか、東西を結ぶ道、そこを行き交う人々、それらをこの目で見てみたい。

ただし、理由はそれだけではなかった。

シディヴァから目を離さないでおきたいのだ。

（シディヴァはいずれ暗殺される。詳しいことは史書にも記載がなかった。ただ内紛、とだけあったはずだ。誰が彼女を狙っているのか――）

彼女の唐突な死がなければ、歴史が変わる。クルムは時代の中に埋もれて消えていくことなく、さらに強大な国となるはずだ。

雪媛が、シディヴァの死を未然に防ぐことができたならば。

――女に生まれたからといって、いつまでも弱者の側《がわ》にいるつもりはない。自らの力で、ここまで来た。俺が支配する世界では、誰も俺を縛るものはない。世界が俺を選択する以上、俺は自由だ。

そう語ったシディヴァがどんな国を作るのか、雪媛は見てみたいのだ。

「……ではアルスランへ着いたら、一緒に市場へ行きましょう。あなたに似合う簪を贈ります」

背後から、青嘉の唇が耳朶《じだ》に触れた。

「髪を梳くのは、もういいのか？」

青嘉は答えず、おもむろに雪媛を抱《かか》え上げた。

そのまま寝台へと運ばれると、心地よい重みと体温が覆《おお》いかぶさってくるのを感じた。

青嘉は雪媛の黒髪を掻き上げながら、唇を深く重ねた。弄《もてあそ》ぶようにその指が髪に絡《から》みつく。

「――梳いた意味がないな」

寝台の上で乱れていく髪に、吐息《といき》交じりに呟いた。すると青嘉は、口許《くちもと》に笑みを浮かべて囁《ささや》いた。

「大丈夫です。責任を取って、明日の朝また梳きますから」


真夜中、炉の火が消えそうになる頃に目が覚めるのはもはや習慣だ。

青嘉は冷え始めたユルタの中で、腕の中にある柔らかな温もりを確かめた。雪媛が安らかな寝息を立てているのを確認する。これもまた、毎晩の日課のようになっていた。目が覚めたら腕をすり抜けて消えているのかもしれないと、いまだに思う。だから、その存在を何度も確認した。

彼女を起こさないように静かに寝台を抜け出ると、消えかけた火に燃料を加えてやる。再び燃え上がるのを待っていると、ふと視線を感じて顔を上げた。

雪媛が横になったまま、うとうととした様子でこちらを見ている。

「起こしてしまいましたか」

「……寒い」

「すみません、もうすぐ暖まりますので」

すると雪媛は白い手をひらひらと揺らして手招きをした。

「湯婆子《ゆたんぽ》がいなくなるからだ」

青嘉は苦笑した。

布団の中に身を滑り込ませると、雪媛を包むように腕に抱いた。胸元に頬を擂《す》り寄せぴたりと身体を預けた雪媛は、ほっとしたように小さく息をついた。下がった眉が、少し彼女を幼く見せている。

出会った頃、彼女が夜にひどくうなされていたことがあった。苦しそうに譫言《うわごと》を漏《も》らし、頼りない風情《ふぜい》で泣いていた姿は普段の雪媛とは別人に思えた。

あの時は、一体彼女がどんな悪夢を見ていたのかはわからなかった。しかし、今なら予想がつく。

(あれは恐らく、『玉瑛《ぎょくえい》』の記憶――)

数十年後の世界の少女。

雪媛は玉瑛で、玉瑛は雪媛だ。

実際のところ、何がどうしてそうなったのかはわからない。だが雪媛が未来を見通せるのは、恐らく玉瑛の記憶があるからなのだ。

青嘉が、未来から過去へ戻ってきたように。

微《かす》かに寝息が聞こえてくる。

これからもずっと、こんなふうに安らかに眠ってほしい。

（だが、アルスランへ行ったら……）

シディヴァの死は近いはずだ。その混乱に巻き込まれてしまうかもしれない。

彼女がいつどこで誰に殺されたのか、厳密にはわからない。同時代を生きていたとはいえ他国の出来事はそこまで詳細には伝わってこないし、何よりクルムは彼女の死後混乱が続いて体制が崩壊したため、当時聞き及んだ内容も正確な情報か判別できないのだ。

それでも、恐らく今年中にシディヴァは殺される。

ならばその現場が都である可能性は高い。会議には各部族の長が集まってくる。そして、そこには当然、彼女と並び立つ人物――右賢王《うけんおう》もやってくるはずだ。

シディヴァを暗殺したのは右賢王である、という噂を聞いたことがある。カガンの弟、シディヴァにとっては叔父《おじ》にあたる人物。一時は左賢王に推《お》されたこともあるという。立場からすれば、十分あり得る話だ。

そしてユスフやナスリーンの話を聞く限り、シディヴァの継母《ままはは》も大いに怪《あや》しい。幼い彼女を殺そうと狼の巣へ置き去りにしたり、敵の部族へ嫁に出したり、あからさまに彼女に害意を持っている。当然彼女はカガンの傍《そば》にいるわけで、都で待ち受けているはずだ。

雪媛はこの話を知っているだろうか。知っているとしたら、どこまで知っているのだろう。

こういう時、青嘉はいっそのことすべてを打ち明けてしまおうか、と思うことがある。自分も未来の記憶を持っている、玉瑛と出会って戻ってきたのだ――と。そうすれば、記憶を共有でき、危険を避けることができるかもしれない。

だが口にすれば、すべてを失う気がした。

玉瑛を死なせた青嘉を、その記憶と自覚を持った青嘉を、雪媛は受け入れるだろうか。今はこうして身を寄せてくれている。だがその信頼は、真実を口にすれば揺らぐのではないだろうか。

眠っている雪媛の髪を、そっと指に絡めた。

雪媛を引き止められないのならば、シディヴァの暗殺を食い止めるしかない。シディヴァが生き残れば、雪媛の安全もまた保障されるはずだ。

雪媛の温もりを感じながら、青嘉は静かに目を閉じた。

冬営地《とうえいち》はすでに閑散《かんさん》としていた。シディヴァが都へ向けて出発するより以前に、集落の大部分の者が夏営地《かえいち》へと移っていったのだ。

ユルタを分解して運んでいき、移動した先で再び組み立てることになる。そのため、あれほどたくさん寄せ集まっていた白い天幕の波は、一部を除いてあっけなく消え去っていた。

組み立てるのが簡単なユルタは解体するのも容易で、小さくまとめて駱駝《らくだ》の背に乗せたり、馬車に積んで運んでいく。青嘉と雪媛も都へ発《た》つ日になると、ついこの間建てたばかりのユルタを解体した。そうすると、草原に残るのは僅かな煉瓦《れんが》造りの小屋だけ。唐突に何もない土地が現れて、あの大集落を見慣れている身としては、夢でも見ていたのかという気分になる。

「こんなに忽然《こつぜん》とひとつの集落がなくなるなんて、妙な感じね」

用意された馬車に乗り込んだ純霞が、しみじみと言った。腕には幼い娘が大事そうに抱かれている。

シディヴァからの要請で永祥も都へ行くこととなり、純霞も同行することになったのだ。

組まれた隊列の先頭には馬に跨《またが》ったシディヴァと、その横に寄り添うようにユスフが馬を並べている。従うのはおよそ百名ほどの兵士たち、そして巫覡《ふげき》のツェレンだ。

金の髪をなびかせながら、ナスリーンがシディヴァのもとへ駆けていく。

「シディ、一緒に乗せて！」

「お前は純霞たちの馬車に乗れ」

「都へ着いたら忙しくなって、あまり一緒にいられないんでしょう？　ね、お願いシディ！」

「長旅だ。お前を乗せたら馬を疲れさせる」

「ナスリーン、君もひとりで馬に乗れれば一緒に来られるよ」

横でユスフがからかうように言った。

「わかってないわねぇ、ユスフ。そんなことしたら、また私が馬から落ちてシディに迷惑かけちゃうでしょ！」

「……胸を張って言うことじゃないね」

「シディ～、ねぇ、じゃあ途中まで！　途中まででいいから！」

シディヴァは眉を寄せて大きくため息をつくと、「ほら」と手を伸ばした。目を輝かせるナスリーンを引っ張り上げてやる。

シディに抱えられるように鞍上《あんじょう》に腰を下ろしたナスリーンに呆《あき》れて、ユスフは天を仰いだ。

「甘い。甘すぎるよシディ」

「これ以上ごねられると出発が遅れる。行くぞ」

シディヴァのかけ声とともに太鼓が叩かれた。

ご満悦《まんえつ》な様子のナスリーンは、勝ち誇ったようにユスフを見返した。

「途中までだよ、ナスリーン」

「うっふっふ」

「最初の休憩場所で降りるんだよ」

「羨ましいなら素直にそう言えば？」

「嫌だと言っても、何が何でも俺が引きずり降ろすからね！」

二人の間で火花が散っているのを遠目に眺めながら、雪媛がおかしそうにくすくすと笑っている。その様子を、青嘉は満たされたような気分で眺めた。雪媛が笑っているのが、ただ嬉しい。

永祥と純霞が乗る馬車の後ろを、青嘉と雪媛の馬車も続いた。荷台には解体されたユルタが積み込まれている。

真っ青な空の下、視界を遮《さえぎ》るもののない広大な草原を進むのは気持ちがよかった。時折小さな集落に出くわすと、住民は皆シディヴァの隊列を拝《おが》むようにして頭《こうべ》を垂れた。

そしてまた、無人の大地をひたすら西へと進んだ。

放牧中の羊の群れが、ゆっくりと横切っていくこともあった。馬車の手綱《たづな》を握る青嘉の横でぼんやりと風景を眺めながら、雪媛はそれでも飽くことがないようだった。ずっと瑞燕国で暮らしてきた彼女にとっては、すべてが新鮮なのだろう。

日が高くなり、昼食のため休憩しようと一行は足を止めた。細い川が流れる岸辺に、敷物を広げて火を熾《おこ》す。

「ユスフ」

青嘉は馬に水を飲ませていたユスフに声をかけた。彼とは歳も近く、最近では遠慮がなくなって気安く言葉を交わしていた。

「都へ着く前に、聞きたいことがあるんだが」

「何？」

「右賢王は、どんな方なんだ？」

「タルカン様？　なんで？」

「都で会うだろう。以前はシディヴァ様と左賢王の座を争ったと聞いた。警戒したほうがいいのかどうか、と思っただけだ」

「警戒すべきかどうかといったら、もちろんすべきだ。タルカン様だけじゃない、誰であってもね。シディをいまだに小娘だなんだと馬鹿にするやつもいるし、内心では目障《めざわ》りに思って認めていない輩《やから》もいる。主《おも》にご老体たち」

　ただ、とユスフは言った。

「タルカン様は……まぁ、なんというか、道理を弁《わきま》えた方だよ。だからこそカガンが自分の右腕として重用してきた。控えめだけど、誠実で責任感が強くて、何より兄であるカガンを心底敬ってる」

　なんとなく想像していた人物像とは違ったので、意外だった。

「シディヴァ様との関係はどんな様子なんだ？　友好的なのか、それとも……」

「仲は良くも悪くもないね。お互い一歩引いて距離を取ってる感じ。この二人があんまり親密だとカガンとしては面白くないだろうから、二人とも気を遣ってるよ。でもシディは多分、結構信頼してると思う。俺はそこまで信用してないけど」

「信用できない理由は？」

「立場上、シディを脅《おびや》かす存在であることに変わりはない。たとえどんな聖人であっても、俺はシディの障害になりそうなやつは誰だろうと信じない」

　うっすらと笑みを浮かべるユスフの目が冷たく光る。

　恐らくいまだに、自分も雪媛も彼には信用されていないのだろうと青嘉は思った。その考えを見透かしたように、ユスフは「ああ、でも」と付け加えた。

「青嘉のことは、気に入ってるよ」

信頼するかどうかは別だが、という言葉が聞こえた気がした。

「光栄だ」

これは本心だった。

するとユスフは少し毒気を抜かれたような表情を浮かべた。

「そういうところがね」

「?」

ユスフは笑って青嘉の肩を叩いた。

昼食を済ませると、シディヴァはツェレンと何やら話し込み始めた。

巫覡の老婆は、この先の天候を占っているらしい。呪文を唱えながら火を焚《た》き、鈴を鳴らしているのが風に乗って聞こえてくる。

小さな白い花が地面に這《は》うように咲いている。先の細いくっきりとした花弁が星の瞬《またた》きのように広がって、雪の消えた大地に僅かに残った結晶のごとく浮かび上がっていた。青嘉はそれを、ひとつ摘《つ》んだ。

雪媛はひとり、なだらかな丘の上に登ってぼんやりと東の方角を眺めている。

「──雪媛様」

近づいて声をかけると、ゆっくりとこちらを振り返った。

「もう出発か？」

「いえ、まだ大丈夫です」

雪媛の頬に手を添えると、怪訝《けげん》そうな視線が返ってきた。

「少し、そのまま──」

顔を覗き込むような恰好《かっこう》で、青嘉は白い花を持つ手を掲《かか》げた。

「どうしたんだ、それ」

「あちらに咲いていました」

そう言って、そっと雪媛の髪に挿《さ》してやる。清楚《せいそ》な白が、雪媛の艶やかな黒髪に映《は》えた。

「あなたに似合うと思ったので」

思った通り、よく似合う。

雪媛は僅かに目を瞬《しばた》かせた。確かめるように、そろそろと手を伸ばして花に触れる。

「……簪を買う約束を、なかったことにはしないぞ」

少し唇を尖《とが》らせながら、雪媛は言った。

「もちろん。それまでの代わりです」

「ふうん」

雪媛はおもむろに、「ちょっと後ろを向け」と命じた。

言われるがまま背を向ける。

すると、ぼすっと雪媛が背中に額《ひたい》を埋《うず》めるようにしがみついてきた。

「雪媛様？」

「…………」

「あの……もうちょっと見ていたかったんですが」

「疲れたから、おぶれ」

「え？」

「いいから、早く」

青嘉が屈み込むと、柔らかな身体の感触と重みが背に預けられるのがわかった。細い腕が、しっかりと青嘉を抱くように前に回される。

耳元に触れる雪媛の頰が熱い。

彼女は今、どんな顔をしているのだろう、と思いながら、青嘉は歩き始めた。

丘の上を、雪媛を背負った青嘉がゆっくりと歩いているのが見えた。その様子に、純霞は思わず頰を緩《ゆる》める。

「ふふ」

「純霞？　どうかした？」

隣で娘をあやしていた永祥が不思議そうに尋《たず》ねた。

「あの二人の姿が微笑ましくて」

永祥も二人の様子を眺めて、納得したように笑う。

「――確かに」

「永祥、純霞！」

声をかけてきたのはユスフだった。荷物のように雑にナスリーンを小脇に抱え込んでいる。ナスリーンは両手両足をばたつかせてもがいていた。

「預かってくれ」

「放してよ！　シディー！　シディ助けてー！」

「途中までだと言っただろう、ナスリーン。――じゃ、頼むよ」

ぽいっとナスリーンを放り出すと、ユスフはさっさとシディヴァのもとへ戻っていく。

地面に転がったナスリーンは涙目で、去っていくユスフに向かって声を上げた。

「ばーか！　ユスフのばーか！」

するとユスフは振り返り、あてつけがましく思い切り口角を上げて見下すように勝ち誇った笑みを浮かべてみせた。ナスリーンは怒りに燃えた目で地団太《じだんだ》を踏みながら、言葉にならない声を上げる。

「いい加減にしろよナスリーン。これ以上シディヴァ様を煩《わずら》わせるな。──ほら」

ムンバトがそう言いながら、ナスリーンに手を差し出した。ナスリーンは頬を膨《ふく》らませながらその手を摑み、立ち上がる。

「なんであんたがここにいるのよ」

「俺は兵士として選ばれたんだぞ！　ていうか今気づいたのかよ！」

この少年は今回初めて正式な兵士として認められ、志願して同行を許されることになった。ようやく一人前と認められた誇らしさに目が輝いているし、ナスリーンと一緒に都へ行けるということで、密《ひそ》かに舞い上がっているのも見て取れた。これもまた微笑ましいものだ、と純霞はにこにことしてしまう。

「あ、あー、その、ナスリーン。なんなら、俺の馬に乗せてやろうか？」

「結構よ」

不機嫌そうにぷいっと顔を背《そむ》ける。

「ナスリーン、ほら、私たちと一緒に馬車で行きましょう。愛珍《あいちん》もあなたがいると嬉しそうよ」

純霞が慰《なぐさ》めるように言った。するとナスリーンは大きくため息をついて、憂《うれ》いを帯びた表情を浮かべた。

「私だって別に、ただ我儘《わがまま》だけでシディと一緒にいたいって言ってるんじゃないのよ」

純霞も永祥もムンバトも、無言で、「え、そうなの？」という視線をナスリーンに向けた。

「え、そうなの？　って思ったでしょ」

「あ、う、うーん……」

ナスリーンは唇を尖らせた。

「だって、いつ何があるかわからないじゃないの。でも私がくっついていれば、もし誰かに襲われたって、私が盾《たて》になってあげられるわ」

「え……」

「シディは強いけど、今回は手勢も少ないわ。それを狙って、あの継母あたりが襲ってくるかもしれないもの。矢が飛んできても剣が降ってきても、私だって間に立ち塞《ふさ》がって的《まと》になるくらいできるわ」

「ナスリーン、あなた……」

　そんなことを考えていたのか、と純霞は驚いた。

「盾になるだなんて……そんなこと、シディヴァ様は望まないわよ」

「わかってる。でも、私にできるのはそんなことしかないんだもの」

　馬の様子を確認しているシディヴァの姿を、眩《まぶ》しそうに見つめる。

「私は一緒に戦うこともできないし、シディの子どもを産んであげることもできない。これくらいしなくちゃ、妻は名乗れないわ」

「……本当にシディヴァ様が好きなのねぇ、ナスリーン」

「ええ、大好きよ」

瞳を輝かせ、想いに満たされたように微笑む少女の顔を、純霞は複雑な思いで眺めた。

「出発するぞ！」

　シディヴァが声を上げた。

　雪媛と青嘉が並んで歩きながら、丘を降りてくる。

　何かに躓《つまず》いてよろめいた雪媛に、青嘉が手を差し出しているのが見えた。雪媛が少し遠慮がちにその手を取ると、二人はそのまま歩き始めた。

　そこには後宮にいた頃、皇帝の寵《ちょう》姫《き》として権力を振るった刺々《とげとげ》しい雪媛の面影《おもかげ》はない。

「楽に赤ん坊を背負ったり抱えたりできる負《お》ぶい紐《ひも》か、背負《しょ》い子《こ》を作ろう」

　永祥が唐突に、決意を込めたように声を上げる。

「え？」

「僕か君が愛珍を抱っこしてると、手を繋げないじゃないか」

　永祥は両手で赤ん坊を抱えながら、羨ましそうに二人を眺めている。

　純霞は頰を染めた。

「……何を言っているのよ、もう」

「あっ、春蘭《しゅんらん》そのお花可愛い！　どこに咲いてたの？」

　ナスリーンがぱたぱたと雪媛のもとへ駆け寄っていく。

　純霞は空を仰いだ。

　透き通るような天は高く、風は穏やかだ。

　光り輝く大地はどこまでも続いているように思えた。


　王都アルスランは、巨大な城壁にぐるりと囲まれている。開けた平地には水運を担《にな》う大河ツァガーン川が流れ、街はその大きく蛇行《だこう》した川の内側に抱かれるように築かれていた。

ようやく越えた最後の山を降《くだ》りながら、雪媛は眼下に広がる城塞《じょうさい》都市を見下ろした。

クルムの領地に足を踏み入れて以降、目にするのはいずれもユルタの寄り集まった集落のみだったので、街の中心に石造りの巨大な城が聳《そび》え立つ様には違和感すら覚える。

「カガンはあの城に？」

「飾り立てて悦《えつ》に入《い》っている。そのうち、土の匂《にお》いも忘れてしまうだろう」

横でシディヴァが皮肉っぽく言った。

「もとは、敵から奪った街だ。職人や役人たちが主に暮らしている。ほとんどが異国からやってきた者ばかりで、定住する場所が必要だからな」

「あなたは、街を造らないのですか？」

「俺の領地にも、小さいがいくつかはある」

「でも、そこで暮らさないのですね」

「ひとところに長く留《とど》まると、身体が朽《く》ちてしまいそうだ。それに、石の城は陰気で好かぬ。アルスランに入っても、俺はあの城に寝泊まりするつもりはない。着いたらすぐにユルタを設営する。お前たちは、ああいう場所のほうが過ごしやすいならそちらに部屋を用意させるぞ」

「いいえ、私もユルタのほうが気楽です」

ところで、とシディヴァは少し不満そうに眉を寄せた。

「そう改まった口調で話す必要はない。俺を負かした人間が俺を様付けで呼んでへりくだるなんて、馬鹿にされている気分だ」

「そういうつもりはありませんでしたが……」

その言い方がシディヴァらしくて、雪媛は少し笑った。

「瑞燕国の人間が、そう馴れ馴れしくしていては不審に思われるのでは？　あなたの領内ならともかく。ここからは、言動に用心したほうがいいと思っています」

「ふん……」

「でも、そうですね。――シディヴァ」

突然そう呼ばれて、シディヴァは片方だけ眉を上げた。

「内輪《うちわ》では、そう呼ばせてもらおう」

シディヴァは僅かに笑みを浮かべると、それ以上何も言わなかった。

城壁に近づくとその高さと重厚感は相当なもので、雪媛は思わず見上げて息をついた。

おおよそ円形の街を取り囲む壁は、蜂蜜色の煉瓦で組まれている。一定の間隔で塔が建ち、窓から兵士の姿が垣間《かいま》見《み》えた。

すでに左賢王が到着したという先触れが出ていたのだろう、門の前には出迎えの一団が待ち構えていた。

「シディヴァ様、ご無事のご到着をお喜び申し上げます。カガンが城でお待ちでございます。どうぞこちらへ」

「ああ」

先導されるまま、一行は目抜き通りを進んでいく。沿道では街の住人たちが一目シディヴァを見ようと集まってきていた。

住人たちの髪の色、目の色、肌の色は多種多様だった。服装や髪型も決してすべてクルム風ということはなく、各々《おのおの》の民族性に溢《あふ》れている。初めて彼女を見たのか、あれが左賢王かと驚きの声を上げる者もいれば、嬉しそうに手を振っている子どもたちもいた。

住居はいずれも泥煉瓦でできているようだった。街の中心部に向かって、道が放射状にいくつも伸びている。中央に鎮座《ちんざ》するのが、堀と壁に囲まれた堅牢《けんろう》そうなカガンの城だ。

「俺はカガンのところへ顔を出してくる。ユスフ、一緒に来い」

「はーい」

「他の者は荷を移動させて、いつもの場所にユルタを設営しておけ」

「シディ、私は⁉」

ナスリーンが自分も行く、と飛びつく。

「お前は皆と一緒に行け」

「だめよ、シディのお父さんにご挨拶《あいさつ》しなくちゃ！　なんたって私は、妻ですものっ！」

胸を張るナスリーンに、シディヴァは渋面《じゅうめん》を作った。ため息をつくと、青嘉を呼び寄せる。

「青嘉、俺がいない間ナスリーンを頼む。目を離さないでくれるか」

「承知しました」

「なんで⁉　義理の娘になったんだもの、お父様にご挨拶するのは当然でしょ⁉」

「行ってくる」

ナスリーンの抗議には耳を貸さず、シディヴァは城の門を潜《くぐ》っていく。それに付き従うユスフは余裕の笑みを湛《たた》えながらひらひらと手を振って去っていった。

「シディ～～！」

追いかけようとするナスリーンを青嘉が引き止める。

「挨拶の機会ならまたあるだろう。今はシディヴァ様の言う通りにするんだ、ナスリーン」

「だって、だってこの先にはあの継母がいるのよ⁉　シディに何かあったらどうするのよ！」

落ち着くようにと、雪媛はナスリーンの背を軽く叩いた。

「いくらなんでも、カガンもいる謁見《えっけん》の場でどうこうしないだろう。ユスフも一緒だ」

「それが一番、気に食わないのよっ！」

雪媛たちは皆、困ったように顔を見合わせると、ナスリーンをずるずると引きずっていった。

二章

ナスリーンが希望通りシディヴァの父親に挨拶《あいさつ》をする機会は、思いのほかすぐにやってきた。

アルスランには大会議のために各部族の代表が集まってきており、彼らをもてなすための宴《うたげ》が催《もよお》されるのが恒例だった。この大規模な宴は城の中ではなく、シディヴァたちがユルタを設営した川沿いの開けた大地で行われる。それは、やはり定住せず草原に暮らす彼らの生き方の名残《なごり》のようだった。

雪媛たちが到着した時にはすでに、部族ごとに分かれてユルタの群れがいくつも広がっており、すぐそこに大きな街があるにもかかわらず、その外にもうひとつ大きな集落が出来上がったかのように見えた。

「皆、これほどの街にやってきても生活を変えないんだな」

その光景を眺めながら、雪媛《せつえん》は感心して呟《つぶや》いた。城に寝泊まりするつもりはない、というシディヴァが特別偏屈というわけではなさそうである。

するとと隣で永祥《えいしょう》が面白そうに言った。

「まぁ、効率的ですよね。宿を探す必要もないし、迎える側もそうした気配りがいらない。それにこのほうが、集まってきた人たちはお互いに交流もしやすいんでしょう。互いに自宅に客を迎えるようなものですし」

「瑞燕国《ずいえんこく》なら、これほどの数の客を迎えるとなれば準備に大忙しだろうな」

「他国の使節に無礼があってはいけませんし、礼部《れいぶ》がてんやわんやになるでしょうね」

礼部、と聞いて江良《こうりょう》を思い浮かべた。今頃どうしているのだろうか。

「――ここなら、瑞燕国の情報がいろいろと入ってくるかもしれません」

永祥が察したように言った。

「何か耳にしたら、お伝えします」

「……ああ」

何もなかった大地に、手の込んだ豪奢《ごうしゃ》な敷物が広げられ、精緻《せいち》な刺繍《ししゅう》が施《ほどこ》された日よけがかけられ、カガンや客人たちを迎える準備が進んでいる。城から派遣された使用人たちが慌《あわ》ただしく行ったり来たりし、大量の酒や料理を運び込んでいた。

（間近でカガンが見れる……）

直接挨拶をするような立場ではない雪媛は、この見通しのよい開けた宴の場に感謝した。これなら、群衆にまぎれてカガンを観察することができる。

「ねぇねぇ、私変じゃない？」

ナスリーンがいつになく気合いを入れたクルムの正装で現れて、くるりと一回転してみせた。

緋《ひ》色地に、袖口《そでぐち》は目の覚めるような青で縁取《ふちど》られ、そのほぼ全面に花や鳥などを象《かたど》った数多《あまた》の文様がちりばめられている。頭には大きな黒い帽子を被《かぶ》っていて、背中に向かって長い緋色の垂れが流れていた。こめかみからは連なった管玉《くだたま》が幾重《いくえ》にも下がり、彼女の白い顔の左右から胸元までを彩る。クルムの民の普段着は飾りけがなく武骨なものだが、こうした正装は目を瞠《みは》るほど華やかだ。

「よく似合ってる」

雪媛は嘘偽《うそいつわ》りない気持ちで褒《ほ》めたたえた。隣にいた純霞《じゅんか》も、

「とても素敵よ、ナスリーン」

と歓声を上げる。

「本当？　本当？」

「ええ、綺麗だわ」

「うふふ。――あ、シディ！」

シディヴァがユスフと連れ立ってやってきたので、ナスリーンは軽やかに駆け寄った。

自分の姿をよく見てもらおうと、うきうきと両手を広げてみせる。

「シディ、ねぇどうかしら？　お父様に気に入ってもらえるかしら！」

すると、ナスリーンを一目見たシディヴァはみるみる眉間《みけん》にしわを寄せた。

「目立つな！」

そう厳しく言い捨てると、そのまま通り過ぎていってしまった。

ユスフが苦笑した様子で、何も言わずそれに続いた。

ナスリーンは瞠目《どうもく》し、その場に立ち尽くしてしまう。しばらくぽかんとしていたが、やがて、じわりと青い目が潤《うる》んだ。

純霞が慌てて駆け寄る。

「うっ、うぅ……」

「ナスリーン……」

零《こぼ》れ落ちる涙を拭《ふ》いてやりながら、純霞は戸惑《とまど》った表情を浮かべた。

「なんで？　……私、派手すぎた？」

「そんなことないわよ、ナスリーン。ほら、ほかの部族の女性たちはもっと煌《きら》びやかに着飾っているじゃないの」

　見れば確かに、大きな角のような飾りを帽子につけている女性や、頭からつま先まで金で飾り立てている者もいる。

「お、お父様受けがいいように、ちょっと控えめで落ち着いた感じにしたつもりなのに……」

「ええ、とてもいいと思うわ」

「でもシディの好みじゃなかったんだわ……」

　雪媛の目から見ても、ナスリーンの今日の出《い》で立ちは華美すぎるということもなく、かといって地味でもなく、ほどよいものに思われた。

「目立つな、と言っただけだ。他部族やカガンの手前、いつものような振る舞いではなく控えめにしておけということだろう。気にするな、ナスリーン」

「もう、シディヴァ様ったら。おしゃれした女の子にああいう言い方はないわよねぇ。乙女心がわからないのかしら！」

　純霞は少し憤《いきどお》った口ぶりだ。確かに、いつもナスリーンには甘いシディヴァらしからぬ態度だった。

（シディヴァも、カガンや他の部族長たちの前に立つとあって緊張しているのか……？）

その時、腹の底まで響きそうな太鼓の音が、どぉんと大地を震わせた。

「――カガンのお出ましである！」

先触れの声がする。

集まっていた人々の視線が、さっと一点に集中した。

騎馬の一団が、ユルタの間をゆっくりと列をなして進んでくる。

まるで大地に吸い寄せられるかのように、その場にいた者が一斉に膝《ひざ》をついて頭《こうべ》を垂れた。雪媛たちもそれに倣《なら》う。

雪媛はさりげなく、先頭を行く壮年の男の姿を盗み見た。

シディヴァの父オチルはがっしりとした体格で日に焼け、歴戦の勇士であることが一目でわかる貫禄《かんろく》を帯びていた。顔立ちは、あまり娘と似ていない。太い眉がいかめしげで、目つきは険《けわ》しい。引き結ばれた唇は固く閉じられ、じっと周囲を睥睨《へいげい》しながら馬を進めている。ただし腹周りの貫禄を見るに、最近は戦場には出ていないのかもしれない。

その後ろに、大層華やかに着飾った婦人が続いた。彼女の帽子は、ナスリーンの被っているものの三倍は大きく、十倍ほどは華美な装飾が施されている。銀や珊瑚《さんご》、琥珀《こはく》などがこれでもかとちりばめられ、眩《まばゆ》いばかりだ。黒地に紅や金の糸で縫い取られた文様の複雑さも、圧倒的に手が込んでいる。

彼女がシディヴァの継母《ままはは》である妃《きさき》なのだろう。二人目の妻ということもあり、オチルとは随分《ずいぶん》と歳の差があるように見えた。三十は過ぎているだろうが美しく、口許《くちもと》には自信に満ちた力強い笑みを浮かべている。

その横には、身なりのよいあどけない顔立ちの少年が従っている。彼女が産んだという息子だろう。雰囲気が母親によく似ていた。

オチルは馬を降り、用意された席へと向かった。妃と息子には、彼の隣ではなく少し離れた別席が用意されているようだった。

だがオチルの両脇には、それぞれに席が設《もう》けられている。

誰が座るのかと思えば、左にシディヴァが、右にはオチルと同年代の背の高い男が着いた。恐らくこれが右賢王《うけんおう》だろう。

ようやく皆が顔を上げて立ち上がる。各部族の長《おさ》たちが続々と挨拶にやってきて、周囲は一気に賑《にぎ》やかになった。

「雪媛様」

耳元で青嘉《せいか》の声がした。

「なんだ、どこへ行っていた」

「少し、他の部族の様子を窺《うかが》っていました。――あまり人目につくところに出ないでください。左賢王《さけんおう》が知り得た我々の情報が、この都にも届いていないとは限りません。雪媛様の正体に気づく者がいるかもしれません」

「わかっている。おとなしくしているさ」

オチルを起点として円を描くように各部族長たちも車座になって席に着くと、酒が配られた。酒杯を掲《かか》げたオチルが声を上げる。

「皆の顔をまた見ることができて、嬉しく思う。長い旅路《たびじ》ご苦労であった。存分に飲んで食うがよい」

心得たように、隣の右賢王が立ち上がる。

「クルムの繁栄と、カガンの末永《すえなが》い栄光に！」

高々と酒杯を頭上に掲げると、あちこちから「クルムの繁栄に！」「カガンの栄光に！」「乾杯！」「乾杯！」と声が上がった。シディヴァも席に腰を下ろしたままではあるが、酒杯を掲げている。

末端の兵士にいたるまで、その場に居合わせた者すべてに酒が振る舞われた。それはやはりクミスだったが、宴席の傍《そば》には大きな酒甕《さけがめ》がいくつも並んでおり、クミス以外にも各地の酒がふんだんに用意されているようだった。

雪媛や青嘉はシディヴァの部下たちとともに、部族長たちの円の外、カガンの席からはもっとも遠い後方に敷物を広げて集まっていた。純霞とナスリーンはクミスを遠慮し、久しくお目にかかれなかった瑞々《みずみず》しい果物に嬉しそうに手をのばしている。

捌《さば》かれた羊の肉が大量に運び込まれ、あたり一面に香ばしい匂《にお》いが広がった。大きな張り子の仮面をつけた一団が現れて、座の中心で舞い始めると歓声が上がる。どこかひょうきんな動きの彼らに合わせ、一緒に踊る者たちもあった。

「左賢王様の武勇は、遥《はる》か西の国にまで噂が及んでいるとか。まこと、クルムの未来は明るい」

「先だっての戦《いくさ》も、見事な勝利であったと聞いております」

「さすがカガンの御子でございますな。ご立派な跡継ぎがいらっしゃいますから、このクルムの繁栄がさらに続くのは間違いない」

幾人かの部族長がシディヴァを褒めそやした。

オチルは隣に座る娘をちらと見やる。

「まこと、出来た息子を持ったようだ」

「――すべてはカガンのご威光の賜物《たまもの》です」

シディヴァは笑みも浮かべずに、酒杯を掲げてみせる。

オチルが娘に対し、息子、とあえて語ったことを、誰もおかしいとは思っていないようだった。

左賢王である以上、すでに誰も彼女を女としては扱っていないということだろうかと雪媛は思った。しかしすぐに、そうではないと気づいた。

「聞いたところでは、遠征先で妻をもらったとか？」

オチルがどこか含みのある口ぶりで言った。その言葉に、周囲の長たちがきょとんとした様子でシディヴァに目を向ける。

「タンギラ王が、娘である王女をそなたの妻にと献上したと、噂を聞いたぞ」

途端に、大きな笑い声が弾《はじ》けた。

部族長たちは皆可笑《おか》しそうに、腹を抱《かか》えて笑っている。

「なんと、左賢王に娘を！」

「これは傑作！」

「さすが左賢王、夫だけでは飽き足らず妻も娶《めと》られたのか！」

あまりに大きな笑い声の輪だった。

聞いていたナスリーンが、戸惑ったような表情を浮かべた。その笑い声は、明らかに嘲《あざけ》りを含んでいる。

「そのタンギラ王女も同行していると聞いた。会ってみたいものだな」

オチルの要求に、シディヴァは僅《わず》かに表情を険しくした。

「――ナスリーン」

シディヴァに呼ばれ、ナスリーンは慌てて立ち上がる。そしてぎこちなく、人々の合間を縫うように前に進み出た。

部族長たちに囲まれる恰好になり、いくつもの視線が自分に集中しているのを意識したのだろう、だんだんと顔が強張《こわば》っていく。

「カガンにご挨拶を」

シディヴァに促《うなが》され、ナスリーンの白い喉《のど》がごくりと動くのが遠目にもわかった。

「お、お目にかかれて光栄でございます。タンギラ王イマンガリの子、ナスリーンにございます！」

オチルは上から下まで、舐《な》めるようにナスリーンを見回した。

「金の髪が黄金のようであるな。美しい娘だ」

「お、恐れ入ります！」

褒められたことで自信をつけたらしい。

ナスリーンはぱっと表情を輝かせて、「どう？」というようにシディヴァに目配せした。

「シディヴァよ、これがそなたの妻か」

「私に贈られた者ですので、手元に置いております」

「しかし、さすがのお前もこの娘を孕《はら》ませることはできまい」

あちこちから笑い声が上がる。

ナスリーンは少し不安そうに、周囲を見回した。

「この娘は儂《わし》に寄越《よこ》せ、シディ」

オチルの言葉に、雪媛の近くにいたムンバトがはっと息を呑む。

シディヴァは僅かに目を細めただけだ。

「異論はあるまい。タンギラ王も、お前の侍女《じじょ》にするために娘を贈ったわけではなかろう」

「侍女にしたつもりはありません」

「では、妻にしたのか？」

オチルは破顔《はがん》し、大きな声で笑い飛ばした。

「いずれ、よい夫を見つけてやるつもりです」

「クルムのカガンに嫁《とつ》ぐ以上の良縁などあるまい」

「これ以上、女を増やすおつもりですか。すでに数多《あまた》の国から選《え》りすぐりの美女をお召しになっているというのに」

「女はどれほどいてもよい。そなたには、わかるまいがな」

また周囲で笑い声が響く。

オチルの妃は、そわそわした様子で事態を見守っていた。夫の傍に女が増えるのが気に入らないのだろう。

するとシディヴァは、かつんと酒杯を脇に置いた。

「いずれ、カガンの跡を継ぐのが左賢王の務め。その際には前カガンの妻たちも引き継ぐのが草原のしきたりでございますが――さて、それほど多くの女たちを相手にしなければならぬとは、私の身が持ちませんなぁ」

どこか挑発的な笑みを浮かべて、父親を見上げる。

「ですがご安心ください、どの女も分け隔《へだ》てなく接するとお約束しましょう。――もちろん、そこにいらっしゃるお妃様も」

妃はぎっとシディヴァを睨《にら》みつけた。

「不吉な話をするのはおやめ！　カガンはまだこれほどお元気でいらっしゃるというに――」

「ああ、しかし残念ながら私にはお妃様を孕ませることはできそうにありません！　どうかそれはご容赦を！　――なにしろ私は、年下が好みでして」

おどけたように肩を竦《すく》めてみせる。

すると、カガンを含めて皆が一斉に爆笑した。草原中に響き渡りそうな笑い声だった。

妃は一瞬きょとんと目を瞬《まばた》かせ、やがて恥をかかされたことを悟り、唇を噛んで怒りに震え始めた。

「父の妻を息子がもらい受けるは当然のこと。……しかし、逆は聞いたことがございませんな」

シディヴァは悠然とした態度を崩さず、父親に冷たい目を向ける。

「む――」

「カガン、この娘は私が手にした戦利品でございます。カガンならよくおわかりでございましょう。この草原において、己《おの》が力で手に入れたものの所有権はあくまでその者にある。カガンがこの理《ことわり》を破るなど……この権利を奪うことを許す者が、この中におりますかな?」

ぐるりと長たちを睥睨する。

先ほどまでは揶揄《やゆ》するように笑っていた長たちは、「それはならぬ!」と声をあげた。

「戦利品を奪われては、何のために命をかけたかわからぬ」

「左様《さよう》。自《みずか》ら手にしたものはすべて我がものである」

そうだそうだ、とあちこちから同意の声が聞こえてくる。

オチルは、未練たらしくナスリーンを眺めた。

こうなっては、無理に彼女を寄越せとは言えなくなったらしい。

いつの間にかナスリーンは、すっかり青ざめて俯《うつむ》いていた。

「もうよい。下がれ」

オチルの言葉に、妃がそっと安堵《あんど》したように息をついた。

ナスリーンは足を動かそうとしたが、震えてうまく歩けないらしかった。ふらふらとした足取りに気づいたシディヴァが、「ユスフ！」と彼女の夫を呼び寄せる。

「連れていけ」

「はーい」

ユスフはナスリーンをひょいと小脇に抱えると、部族長たちの間を愛想よく通り抜けていく。彼に連れられて戻ってきたナスリーンに、雪媛と純霞は駆け寄った。

「ナスリーン、大丈夫？」

「…………」

ナスリーンは小さく頷《うなず》いたが、帽子を取り、青ざめたまま震えていた。

「座って」

雪媛はナスリーンの手を取って敷物に座らせると、温かい茶を飲むように勧《すす》めた。純霞が優しくその背を摩《さす》ってやる。

ぽん、とナスリーンの頭にユスフが手を置いた。

「あまり、シディに心配をかけるなよ」

目線はずっとシディヴァのほうに向けながら、わしゃわしゃと金の髪を掻き回す。言い返すこともせず、ナスリーンは唇を引き結んで俯いた。

雪媛はようやく、シディヴァが着飾った彼女を見て不機嫌そうだった理由を悟った。自分の父がナスリーンを気に入ってしまうかもしれないと、危惧《きぐ》していたのだ。

「――そういえば、左賢王は最近、南人《なんじん》を召し抱えたとか」

これまで静観していた右賢王が、やんわりと話題を変えた。

穏やかな話し方だった。姪のシディヴァに親しげな微笑を向ける様は、いかにも優しい叔父《おじ》といった風情《ふぜい》だ。

「瑞燕国皇帝と近しい者たちだというではないか。瑞燕国との戦に向けて、情報収集に余念がないようだ。さすがだな」

「近しいといっても皇宮《こうぐう》の一侍衛《いちじえい》だった男で、高位の者ではありません。が、国を二分する争いで混乱している内部の状況はおおよそ摑めました。この会議が終われば、すぐに出兵に向けて動くつもりです」

「皇帝の後宮《こうきゅう》にいた女も一緒だと聞いたが」

「カガンといい右賢王といい、耳がお早いな」

「さぞや美女であろうな。見てみたいものだ」

そう言って右賢王は、兄であるオチルの様子を窺う。

「目新しい余興が欲しいと思っていたところだ。その者に、何か芸のひとつでも見せてもらうのはどうだろう。――いかがです、カガン」

オチルは興味の色を瞳に浮かべた。

「ほう。それは楽しみだ」

シディヴァはオチルの意を受けて、視線だけを雪媛に向けた。

彼女がこの状況を好ましく思っていないことが見て取れたが、先ほどナスリーンを差し出すのを完全に拒否した手前、ここでさらに父親の意向に背《そむ》く真似もできないのだろう。

察した雪媛は立ち上がったが、強く腕を引かれた。

「だめです」

青嘉が険しい表情で言った。

「おとなしくすると先ほど言ったばかりではないですか」

「右賢王なりの気遣《きづか》いらしい。乗ってやろう」

「え？」

「まだナスリーンに未練がありそうなカガンの興味を、別のものに移したいのだろう」

「あなたに移っては困ります」

「どちらにせよこの状況で、逃げ隠れする選択肢はもうない。それなら、カガンに気に入られておくほうがましだ」

「俺が代わりに――」

「ひとりで行くとは言ってない。お前はジェティゲンの準備をしておけ」

ジェティゲンとはクルムで用いられる琴《こと》のことである。瑞燕国の琴とよく似ているが、弦の数や音色が異なる。

雪媛の意図を察した青嘉は何か言おうとしたようだったが、彼をどんと押し返し、前に進み出る。

オチルの姿を見据えると、雪媛は微笑を浮かべ、流れるようなたおやかな動きで膝をついた。

「ご高名なカガン、そして右賢王様のご尊顔を拝し、恐悦至極《きょうえつしごく》に存じます。春蘭《しゅんらん》と申します」

余所《よそ》行きの凜《りん》とした、そして少し甘えるような声音で挨拶する。

「瑞燕国の後宮にいたというのは、まことか」

　そう尋《たず》ねたのは右賢王だ。その横で、オチルは品定めするように雪媛を眺めまわしている。

「左様でございます。ですが私は、位《くらい》の低いただの宮女でございました故《ゆえ》、皇帝陛下のご寵愛《ちょうあい》を受けていらした妃嬪《ひひん》たちとは比べものにならぬ存在でございます」

「一宮女がこの美貌か。瑞燕国の皇帝は噂通り、三千人の美女に囲まれて暮らしているらしい」

　オチルが愉快そうに肩を揺らした。

「春蘭とやら。後宮にいたのなら芸事のひとつやふたつ身に着けているだろう。カガンがご所望《しょもう》だ」

　右賢王の言葉に、雪媛はにっこりと頷いた。

「では、僭越《せんえつ》ながら舞をひとつ披露《ひろう》いたしましょう」

　立ち上がると、雪媛がおもむろにオチルに近づこうとしたので、右賢王が警戒するように前に出た。

「何をする気だ」

　雪媛は跪《ひざまず》くと、オチルに向かって請《こ》うように手を差し出した。

「カガン、よろしければそのお腰の立派な剣をお貸しいただけませんか？」

「そなた、何のつもりだ」

右賢王がさっと自分の剣に手を伸ばす。雪媛は怯《ひる》まず、微笑を浮かべたままオチルを見つめる。

「剣舞《けんぶ》をお目にかけとうございます」

するとオチルは、しばし鷹揚《おうよう》に考えるそぶりを見せた。

「ふむ――だが、儂の剣は重いぞ。舞であろうと、女子《おなご》に扱えるものではない」

雪媛はオチルの剣に目を向けて、なるほど、と頷いてみせた。確かに、大層武骨な大剣だ。

(そう簡単に自分の剣を手放したりしないか……)

ここで戯《たわむ》れでも剣を渡すかどうか、少し試すつもりだった。色を好むといっても、そこまで間抜けではないらしい。

「では、その素敵な帯をお貸しくださりませ」

腰に巻いている黄色の帯を指す。

「儂を裸にするつもりか」

オチルは面白そうに笑って、気前よく帯を解いてよこした。

「ありがとうございます」

恭《うやうや》しく両手で掲げるように受け取ると、優雅に立ち上がる。

ジェティゲンを抱えた青嘉が、まだ不服そうな顔をしながらやってくるのが見えた。気にせず、受け取った帯を披帛《ひはく》のように腕にかける。青嘉の準備が整ったのを確認すると、始めろ、と目で合図した。

掻き鳴らされた調べと同時に、雪媛は指先まで神経を尖《とが》らせた。帯に風を含ませ、高く跳躍する。

皆の視線が瞬時に、自分に集中するのがわかった。

クルムの地へやってきて以来、青嘉は時折ユスフにこのジェティゲンを習っている。形としては瑞燕国の琴とそう大きくは変わらないが、馬の毛を張った弦の音は繊細で軽やかだ。青嘉は短期間のうちにさすがの上達度を見せていて、オチルの連れてきた楽士《がくし》たちも聞き入っているようだった。

（ナスリーンは、怖かったはずだ）

男たちの視線を受け止めながら、雪媛は微笑を湛《たた》え優雅に回転する。

舞を見せるためにここに立つことと、衆人の中で見世物にされ嘲笑の的《まと》になることはまったく違う。

ナスリーンを呼びつけて自分のものにしたいと言いだしたのは、オチルにしてみれば単なる気まぐれ、ほんの悪ふざけだったかもしれない。

だが彼は間違いなく、衆目《しゅうもく》の前でシディヴァが女であることを嘲《あざけ》っていた。

それも、余興のつもりだったのだろうか。

(気に入らない)

オチルの熱の籠《こ》もった視線を感じた。

余興がお望みとあらば、自分がくれてやる。

この舞に、拍手喝采《かっさい》するがいい。

雪媛は帯を手に、くるくると回りながらオチルへと近づいていく。そして彼の首にふうわりと帯をかけてやり、そのままぐいと自分に引き寄せた。

(このまま縊《くび》り殺してやろうか)

オチルに顔を寄せ、目配せをしてそっと離れていくと、満足げな、そして名残惜しそうな視線が追ってきた。応《こた》えるように、うっすらと誘うように唇を開き、含みのある視線を投げかけてやる。

青嘉が高らかに弦を弾《はじ》き、曲が止《や》んだ。

雪媛はゆっくりと膝をついて、恭しく頭《こうべ》を垂れる。

歓声が沸き起こった。

オチルも右賢王も、誰もが手を叩いて喝采を送っている。シディヴァも感心したように、酒杯をひょいと掲げてみせた。

熱心に手を叩いていたオチルはおもむろに、傍《かたわ》らの娘に向かって口を開いた。

「シディヴァ！　この女を今宵《こよい》、儂のもとへ！」

「お妃様が睨んでおりますぞ、カガン」

皮肉っぽくシディヴァが口角を上げた。

妃は実際やきもきした様子を見せていたので、そう指摘されて決まりが悪そうにしている。

「瑞燕国はもうすぐ儂のものとなる。皇帝の寵姫も、宮女もだ。今この女を手に入れるのを躊躇《ためら》うことがあろうか」

ごくごくと喉を鳴らしてクミスを一気に飲み干すと、口の端についた雫《しずく》をぐいと拭《ぬぐ》った。

「まさかまた、この女も自分のものだと言うつもりか？　戦利品ではあるまい」

青嘉が緊張した面持《おもも》ちで立ち上がろうとする。

唐突に、空の下に笑い声が響いた。

雪媛が肩を揺らして、高らかに笑いだしたのだ。

オチルとシディヴァが怪訝《けげん》そうな表情を浮かべた。

「まぁ。クルムのカガンは、お下がりで満足されるお方でしたか！」

「――何？」

場が凍りついた。

部族長たちは眉を顰《ひそ》め、雪媛を睨む者、オチルの様子を窺う者がいる。

それを気にする様子もなく、雪媛は妖艶《ようえん》な笑みを浮かべながら首を傾《かし》げた。

「左賢王様から、カガンは草原を統《す》べる偉大なお方と聞き及んでおりました。いずれ、必ずや瑞燕国を含む五国も飲み込み、見たこともない大帝国を創るお方であると。……その傍に置く女が、自分が打ち負かす相手のお下がり程度でよろしいので？」

「口を慎《つつし》め！」

右賢王が前のめりになって叱責する。部族長たちの中からも、雪媛を罵倒《ばとう》する声が上がった。

オチルは何も言わず、苦々しい表情で黙り込んでいるだけだ。

すると、可笑しそうにシディヴァが声を上げた。

「大変遺憾《いかん》です、カガン。私としても、意に沿いたいのはやまやまでございますが……」

そう言って青嘉を指さす。

「この者は、あそこにおります男と近々婚礼を挙げる予定なのです」

何か言いたげな顔の青嘉に、黙れと無言で圧をかけてシディヴァは続ける。

「私が二人に結婚の許可を与えました。故に、この左賢王が取り仕切る婚姻に横やりを入れられては、私の威信に関わります」

オチルは娘をじろりと睨みつけた。

「結婚？」

「はい。どうか、この者のことはお忘れください。南人の美女は、今後数えきれないほど侍《はべ》らすご予定でしょう」

「……どうやらお前は、儂には何一つくれてやる気はないようだな」

オチルは不満そうだ。

「そのうち、草原のすべてが自分のものだと言いだしそうだ」

冗談のように言いながらも、視線はひどく冷えていた。

シディヴァとオチルの間で、一瞬緊張が走ったように思えた。

「カガン、私はどんな絶世の美女よりも、もっと価値あるものをカガンに捧《ささ》げる用意がございます」

不敵に笑みを浮かべ、高々と酒杯を掲げてみせる。

太陽がその銀の器《うつわ》を照らし、反射した光が散った。

「――大いなる勝利と、永久の栄光を」

宴席はしんと静まり返った。

その静寂《せいじゃく》を切り裂くように、大きく吠《ほ》えるようなオチルの笑い声が上がる。

「さすがは儂の息子だ！」

族長たちも、わっと歓声や笑い声を上げた。「カガンに栄光あれ！」と口々に叫んでは杯を天に向かって掲げ、次々とオチルとシディヴァに酒を注ぎにやってくる。

彼らに取り囲まれながら、シディヴァが雪媛に向かって、下がるようにとそっと手で示した。雪媛は頷き、青嘉とともに気配を消してその場を離れる。

「春蘭！」

心配そうに、ナスリーンが飛びついてきた。

「大丈夫？」

「平気だ」

「ユルタへ戻りましょう」

青嘉が雪媛の腕を引いて促す。

「そうだな……皆はどうする？」

「僕たちも戻ろうか」

　永祥が、腕の中の娘がぐずりだしたのを見て言った。

「ええ。一緒に行きましょう、ナスリーン」

　純霞がナスリーンの手を取る。

　誰かが歌を歌いだしたらしい。次第に大合唱になるなか、騒々しく盛り上がる人々を背にして、雪媛たちはひっそりと遠ざかっていった。

　隣で青嘉が、険しい顔をしている。

「顔が怖いぞ」

「……ああなると思いましたよ」

「シディヴァに礼を言わないとな」

「誰にでも色目を使うのはやめてくださいと言ったじゃありませんか。――もう少しでカガンの首に剣を突きつけて、クルムすべてを敵に回すところでした」

「勝算があったんだ。あの手の男はああ言われれば、私が欲しいなどと言えないだろうからな」

　まだ不服そうな顔をしている青嘉の背中をぽんと叩く。

「いい音色だった。さすがだな」

「あなたの舞は、いつ目にしても見事です」

「お前に褒められるのは初めてな気がする」

「いつも思ってましたよ。あなたを初めて……美しいと思ったのも、舞う姿を見た時でした」

思いがけない告白だった。

「……へぇ。そう、なのか」

間の抜けた返答になってしまった。そもそも青嘉から美しいとか、そんなことを言われた記憶がない。

言った後になって少し気恥ずかしくなったのか、青嘉は視線を泳がせている。

「それ、いつのことだ?」

「……もういいじゃないですか。ほら、行きますよ」

青嘉は顔を背けたまま雪媛の手を取って、ずんずんと前を進んでいく。

「ねぇ、いつ?」

「変にこだわらないでくださいよ」

「気になる。最初に会った頃は『あなたみたいな女には、まったくもって興味ございません』みたいな顔をしていたのに」

追及をやめない雪媛に、青嘉はため息をつく。

「あなたが目立たない、というのは恐らくどこへ行っても無理なんでしょう」

「人を目立ちたがりのように言うな」

「知らぬ間に人の目を引いてしまうんです。もう、わかりました。そういうものだと心得ます」

青嘉はもう諦《あきら》めた、というように雪媛の手を強く握る。

「俺が、守ればいいことです」

雪媛は、隣を行く男の顔を見上げた。

出会った頃よりも随分と大人びた、と思う。

そしてその横顔にふと、あの老将軍の面影《おもかげ》が重なったように思えた。


宴の喧噪《けんそう》の中に一人、かたかたと身体を震わせ喘《あえ》ぐ者があった。

誰もが浮かれ騒ぐその中で、蒼白《そうはく》な顔に気づく者はいない。

彼女は信じられないものを見て、息が止まりそうになっている。これは現実か、と何度も自分の顔をつねり、大きく深呼吸した。

（どうしてあの女がここに……）

カガンの前で舞を披露した、瑞燕国の女。

見間違えるはずがない。

夢の中で、何度彼女を嬲《なぶ》り殺しただろう。

自分をどん底に突き落とし、すべてを奪った女。

「先に城へ戻るわ。行きましょう、アルトゥ」

カガンの妃であるツェツェグが、息子のアルトゥを伴って席を立った。傍に控えていた女はそれに従う。

彼女はツェツェグの侍女である。その教養と知識を見込んだツェツェグに気に入られ、今では誰よりも信頼を得ている。

「相変わらず男たちに取り入るのが上手《うま》いわね、あの娘は」

ツェツェグは苛立《いらだ》たしげに吐き捨てた。

シディヴァのことだろう。継子《ままこ》である左賢王のことを、ツェツェグはいつも目障《めざわ》りに思っていた。機会があればどうにかして左賢王の座から追い落とし、息子のアルトゥを後継者として認めさせたいのだ。

「女が出しゃばって……カガンも一体いつまで甘い顔をするつもりなのか。カガンときたら、異国の女を見ればすぐに手をつけようとするし……」

ぶつぶつと悪態をつき続ける彼女に、「そうでございますね」「ええ、まったくでございます」といつものように相槌《あいづち》を打つ。

その間も、身体はまだ震えていた。

震える身体をなんとか宥《なだ》めるようにして城に戻り、何事もなかったようにツェツェグの着替えを手伝った。

頃合いを見計らって、それとなく他の者を下がらせる。

彼女はツェツェグに茶を差し出しながら、そっと囁いた。

「――ツェツェグ様、お耳に入れたいことがございます」

「どうしたの」

すっかり寛《くつろ》いでいたツェツェグは、ようやく彼女の顔が真っ青なことに気づいたらしい。驚いたように瞬《まばた》いた。

「一体何？　悪い知らせなの？」

「……いいえ。これは、ツェツェグ様にとって、間違いなく吉報でございます」

「吉報ですって？」

「左賢王が連れてきた瑞燕国の女のことです」

「ああ……」

不愉快そうにツェツェグは顔をしかめる。

「舞を舞った女ね。カガンの興味も逸れたようだし、気にしてないわ。いちいち目くじらを立てていたら身が持たないもの」

「いいえ、ツェツェグ様。あの女は……決して見過ごしにしてはなりません」

ツェツェグの侍女――京《きょう》は、これ以上ないほどに目を見開き、荒い息を吐いた。

「あれは――あの女は瑞燕国の宮女などではございません。皇帝の寵姫《ちょうき》、神女と呼ばれた、柳《りゅう》雪媛でございます！」

三章

「カガン主催の狩り、ですか」

宴《うたげ》の翌日、シディヴァは唐突に雪媛《せつえん》たちのユルタにやってくると、青嘉《せいか》に狩りに付き合えと言いだした。

「これも毎度の恒例だ。昨日のこともあって、お前も来るようにとカガンの御達しでな」

「……思い切り射殺《いころ》されそうですね」

「せいぜい活躍しておけ。そうすればカガンもお前を認めるだろう。雪媛、一日こいつを借りるぞ」

そう言って青嘉を引っ張り出す。雪媛は見送りに外へ出たが、ちょうどナスリーンと純《じゅん》霞《か》がやってきたのでシディヴァが声をかけた。

「お前たちは春蘭《しゅんらん》と一緒に、市場見物でもしてくるといい。ただし、護衛は連れていけよ」

シディヴァがそう言ったのは、すっかり萎《しお》れた様子のナスリーンのためだろう。宴の一件があってからずっと元気がない。

「欲しいものがあれば、好きに買え。すべて俺に請求しろと言っていい」

「……うん」

シディヴァについていきたい、と言いだすのではないかと思っていた周囲をよそに、ナスリーンはただ頷《うなず》いただけだった。都へ来る前はあれほど市場に行くのを楽しみにしていたはずが、シディヴァに勧《すす》められても暗い面持《おもも》ちだ。

「青嘉」

雪媛は青嘉の腕を掴み、小声で囁《ささや》いた。

「シディヴァから目を離すな。彼女に危険がないように」

「え？」

「とにかく、傍《そば》についていろ」

「――わかりました」

青嘉は頷いて、シディヴァを追っていく。

おかしなことを言う、と思われたかもしれない。だがシディヴァがどれほど強いとしても、現実として彼女は殺されたのだ。警戒を怠《おこた》らないに越したことはない。

「どうする、市場へ行く？　春蘭」

純霞が尋《たず》ねた。

「そうだな……」

元気のないナスリーンの様子を窺《うかが》う。

「ナスリーン、薔薇《ばら》の香油がなくなりそうだと言ってただろう。ここならきっと売ってる。私も欲しいから、一緒に買いに行こう」

「あ……ええ」

「永祥《えいしょう》、戻るまで愛珍《あいちん》をお願いできる？」

「もちろん。ほーら愛珍、お父様のところへおいで」

嬉しそうに娘を抱くと、永祥は三人を見送りながら愛珍の手を振った。

護衛として兵士が四人、彼女たちを囲むようについてきた。そのうちの一人はムンバトで、恐らく彼自身が志願したに違いない。

大きく開けた広場に出ると、そこから真《ま》っ直《す》ぐに伸びる大通りには所せましと露店が並んでいた。鮮やかな色が目に眩《まぶ》しい果物や野菜、家畜、鍋、硝子《ガラス》細工、絨毯《じゅうたん》、一目見ただけでは一体何なのかわからないものたち——東西から集まった品が折り重なって、洪水のように目に飛び込んでくる。

大きな鍋から白い湯気が立ち上り、肉を焼く匂《にお》いや香辛料《こうしんりょう》の香りが漂っていた。焼きたての平たく丸いパンが柱のように積まれ、店番の女たちが他愛のない会話に興じている。

肩がぶつかりそうなほどの人々が行き交う中、雪媛は興味深く店先を覗《のぞ》き込んだ。

「あら、見て。これ、瑞燕国《ずいえんこく》でもよく売られているお茶よ。懐《なつ》かしいわ」

純霞が嬉しそうに、茶葉の香りを吸い込む。

「初めて見る果物が多いな。何か試しに食べてみたいが……ナスリーンが好きなものは？」

雪媛が尋ねると、ナスリーンは「えっ」と驚いたように俯《うつむ》けていた顔を上げた。

「ずっとぼんやりしてるわね、ナスリーン」

心配そうに純霞が言った。

「昨日のこと、シディヴァ様に何か言われたの？」

「シディは何も言わないわ」

首を横に振り、ナスリーンはため息をついた。

「自分が情けないの。……シディにとっては、嘲笑の的《まと》になるような存在でしかないんだもの」

「そんなこと――」

「何より情けないのは、私がシディのために何もできなかったことよ」

「ナスリーン……」

「すごく迷惑をかけたってわかってる。カガンの要求を突っぱねることは、シディの立場を悪くするだけなのに、あんなふうに言わせちゃった……」

「それを言ったら、私も迷惑をかけた」

「春蘭はすごいわ。堂々としていて、立派だった。——でも、怖かった。もしあのまま、春蘭がカガンのところへ連れていかれたらって……」

「シディヴァ様は強い方だ」

　雪媛はナスリーンの肩を優しく叩いた。

「あの程度のこと、あの方にしてみれば大したことはない。気に病《や》む必要はない」

「そうよ、ナスリーン。……それに、シディヴァ様がナスリーンのことを大事にしているのがわかって、ちょっと嬉しいんじゃない？　あんなふうに庇《かば》うなんてね。絶対に他の人には渡したくないって思ってらっしゃるのが、すごく伝わってきたわ」

　少し揶揄《からか》うように、明るく純霞が言った。

　するとナスリーンは満更《まんざら》でもない様子で、瞳を輝かせる。

「そ、そう？　やっぱりそう思う？　シディ、私のこと大事にしてくれてると思う？」

「思う思う」

　ナスリーンは嬉しさで堪《こら》え切れないように、頬を染めてにまにまと表情を緩《ゆる》ませた。

よ！」

「そうなのよね〜！　やっぱりね〜、私をほかの男に嫁《とつ》がせるつもりなんて嘘だと思うの
「そうだな、いざナスリーンが嫁ぐとなったらものすごく不機嫌になるんじゃないか？」

「素直じゃないのよね、シディったら！　やっぱり私がそばにいないとだめよね！」

半分は自分に言い聞かせているのだろう。

しかし、明るい表情が戻って雪媛はほっとする。この娘がしょげ返っているのは、なにやら落ち着かない気分にさせられる。

「あらっ、ねぇこの布地素敵じゃない？　刺繡《ししゅう》がなんて繊細なのかしら。ほら、この赤いのなんて春蘭にぴったりよ！」

「そう？」

「純霞には、こっちの銀の耳飾りがいいと思うわ！」

「素敵ねぇ。でも、高いんじゃないかしら？」

「任せて！　全部シディが持つから！」

「それは任せろとは言わない」

雪媛と純霞はくすくすと笑った。

それには構わず、ナスリーンはあれもこれもと物色し始める。お目当ての香油も見つけ

たが、近くに並べられた化粧品に興味を示した。

「これってどう使うのかしら？　初めて見るわ」

「ああ……これは花鈿《かでん》のための辰砂《しんしゃ》だ。顔に、主《おも》に額《ひたい》に花を描く」

「顔に花？」

説明しながら、眉娘《びじょう》のことを思い出した。あの娘に化粧をしたのが、随分《ずいぶん》と昔のことに思われた。あの後、無事に飛蓮《ひれん》のもとへ行くことはできただろうか。

「試してみるかい？」

店の主《あるじ》が気前よく辰砂の入った容器と筆を差し出してくれたので、雪媛は頷いてそれを受け取った。ナスリーンの髪を掻き上げて額を露《あら》わにすると、「動かないで」と筆を動かす。

丁寧《ていねい》に、彼女の眉間《みけん》に朱色の花を描いていく。

「できた」

ナスリーンは置いてあった鏡を覗《のぞ》き込むと、歓声を上げた。

「素敵ー！　可愛い！　瑞燕国の女性は皆こんな化粧をしてるの？　お洒落《しゃれ》ねぇ」

「皆が皆ではないけどね。後宮《こうきゅう》では定番だったけど――」

「あら、純霞も後宮に行ったことが？」

「えっ」

しまった、というように純霞が視線を彷徨《さまよ》わせる。

「ああ……あの、聞いた話よ。ほら、後宮の妃《きさき》たちの流行が、そのうち国中に広がっていくから」

「やっぱりそういうものよね。私もシディの妻として、いつか国中に流行を巻き起こす存在になってみせるわ！　早速この花鈿を流行《はや》らせようかしら」

誤魔化せたようで、純霞はほっとした表情を浮かべる。

「久しぶりに描いてみる？」

雪媛が揶揄うように提案すると、純霞は情けなさそうに眉を下げた。

「結構よ。見る人もいないのに虚《むな》しく化粧をしていた頃を思い出してしまうわ」

「ね、ね、これシディに似合うと思わない？」

今度は碧瑠璃《へきるり》の首飾りを手に取って、ナスリーンはうきうきと鏡の前で自分の胸に当ててみせた。

「シディヴァ様？　こういう飾りを身に着けるかしら」

「うふふ」

ナスリーンはなにやら勝ち誇ったような笑みを浮かべた。

「一度ね、シディが女物の正装を着たことがあって、私がお化粧まで全部してあげたの。うっとりしちゃった、すごく綺麗なんだから！」

「意外だわ。そういう恰好《かっこう》は嫌がられるのかと思ってた。いつも男物をお召しよね？」

「シディは、男になろうとしているわけじゃないもの」

日の光を弾《はじ》いて煌《きら》めく首飾りを見つめながら、ナスリーンは言った。

「こういう綺麗なものだって、好きなのよ」

雪媛は一角に並べられた簪《かんざし》に目を留《と》めた。五国風のものから西域《せいいき》の意匠《いしょう》まで、思った以上の種類が揃《そろ》っていて見応《みごた》えがある。

「簪をお探しかね？」

店主がにこにこと話しかけてくる。

「ああ、いえ――」

（青嘉と一緒に来ればよかったか……）

選んでくれる、という約束は、思いのほか雪媛の気持ちを浮き立たせていた。

（そういえば昔、あいつに選ばせたことがあったな）

青嘉にこれがいい、と言われた時。

髪に簪を挿《さ》す青嘉の手が近づいた時。

簪を挿した自分を見る、あの青嘉の目を見た時。

ふいに気持ちが揺らいだのだ。

そして、決してそれ以上踏み込むべきではないと思った。だから、あの簪は買わなかった。

（どんな簪だったか……確か翡翠《ひすい》の……）

「春蘭、欲しいものはあった？　どんな高いのだっていいからね！」

「──いや、今日はやめておく」

「あら、遠慮しなくていいのに」

「今度、青嘉と一緒に来るから」

するとナスリーンは一瞬間を置いて、歓声を上げた。

「私も今度シディと来る！　その時に私に似合うの選んでもらおーっと！」

純霞がじっとこちらを見ているのに気づいて、雪媛は首を傾《かし》げた。

「なんだ？」

「……感慨《かんがい》に浸《ひた》っていただけよ」

ふふ、と少し恥ずかしげに笑って、純霞は雪媛の腕に抱きつくようにして身を寄せた。

「よかったわ、本当に」

「何？」

「ううん。何でもない」

「おじさん、この首飾りちょうだい！　お代は左賢王《さけんおう》シディヴァが払うから、請求を回して！」

「左賢王様だって？」

驚いたように店主は目を剝《む》いた。

護衛の兵士が「この方の言う通りに」と言い添える。それはシディヴァの信任の厚い男で、店主は彼を見たことがあったのか納得したように、慌《あわ》てて首飾りを厳重に包んでよこした。

「左賢王様によろしく伝えてくれよ。アルスランで一番の宝飾店だとな！」

「もちろんよ！　また来るわね、今度はシディも一緒に。私の金の髪と青い目に合うものを用意しておいて！」

店主は喜色を浮かべて「よろこんで！」と声を上げた。

包みはムンバトに預けると、ナスリーンは屋台の並びに足を向けた。

「ねぇ、春蘭、純霞、これ食べましょ！　パンに載《の》せて食べると美味《おい》しいのよ！」

大きな柘榴《ざくろ》を手に、嬉しそうに手を振る。

香ばしい匂いのする平たいパンも買い込んで、柘榴を載せて齧《かぶ》りつくと口許《くちもと》から果汁がじゅわりと溢《あふ》れ出した。それをぺろりと満足そうに舐《な》める。

「んん～～、これこれ。たまらないわ！　あ、葡萄《ぶどう》もある！　これ籠《かご》いっぱいにちょうだい！　この瓜《うり》も――はぁあっ！　こ、この胡桃《くるみ》の入った焼き菓子美味しいのよ！　三袋買うわ！　二人とも食べて食べて、絶対好きになるからこれ！　甘いもの以外のも欲しいわよね～。わぁ、あの串焼き美味しそう。ねぇおじさん、とりあえずそこのプロフ三人前よそってくれる？　その間に私、あっちの串焼き買ってくる！」

ナスリーンが目についた食べ物を手あたり次第に買い込むので、雪媛と純霞も手伝ってすぐに三人の両手はいっぱいになってしまった。

持ち帰るものは護衛の兵士たちに持ってもらい、その場で食べられるものだけ手にしながら市場を冷やかしていく。

「これ、瑞燕国の料理と似てるわ。でも焼かずに揚げてるのね。香ばしくて美味しい！」

「この野菜、どうやって調理するんだ？　――ああ、すりつぶして……なるほど。こっちはなんていう食べ物？」

「ねぇ、この硝子の小瓶すごく綺麗！　海の色みたいな青だわ。模様も素敵～！」

「おいナスリーン、まだ買うのか？　いい加減にしろよ！」

「うるさいわよムンバト、あんたこれ持ってて！」

三人とも次々と現れる品々にすっかり夢中になり、あちこちで足を止めては護衛たちをうんざりするほど連れ回した。

「支払いは左賢王シディヴァに請求して！」

の合い言葉で金に糸目をつけず物を買い漁《あさ》っていく彼女たちの噂は、瞬《また》く間に市場中に広がった。「さすが左賢王、気前のいいことだ」と誰もが自分の店の品をあの手この手で売り込もうと躍起《やっき》になり、終《しま》いには店主同士で小競《こぜ》り合いまで起き始める始末だった。

「うちの店はどこよりも質のいい品を揃えてるよ！　ねぇお嬢さん方、買っていってください よ、損はさせませんから！」

「いやいや、お嬢さんたち！　俺の店は西域一と謳《うた》われる腕のいい職人が作った品ばかりだよ！　こっち見ていって！」

「おい、邪魔するな！」

「うるさいぞ、そっちこそ邪魔するな！　お前の店、偽物《にせもの》が多いって噂だぞ！　だめですよー皆さん、そんなやつのところで買ったら」

「なんだとこの野郎、適当なこと言いやがって！」

これをムンバトが仲裁《ちゅうさい》しようと間に入った結果、店主たちに誤《あやま》って殴《なぐ》られ呆気《あっけ》なく意識を失ってしまった。

ここに至って、雪媛たちはようやく撤収することにしたのだった。

そんな中、物陰から彼女たちを観察するようにじっと見つめる視線があることに、気づく者は誰もいなかった。


最初に大物を仕留《しと》めたのはオチルだった。

追い立てられた大きな猪《いのしし》を二度目の矢で射殺した。それに続くようにシディヴァも鹿を射た。こちらは一発だった。

「さすがカガン」

「左賢王様もお見事」

取り巻きのようにやんやと声を上げる者もいれば、少し離れて様子を見守る部族長もいる。そんな中で青嘉は、右賢王《うけんおう》タルカンを注視していた。

その弓を引く姿ひとつで、いかに優れた武人であるかがわかる。彼は突然現れた雉《きじ》を、振り向きざまに瞬時に射落としてみせた。兄であり主《あるじ》でもあるオチルの傍《そば》に控えるようにして、決して出しゃばらず、そしてオチルよりも大物は狙わない。

「相変わらずの見事な腕だな、シディ」

仕留めた鹿を軽々と担《かつ》いだシディヴァに、タルカンは笑顔で話しかける。

「叔父上《おじうえ》は相変わらず、つまらない狩りをなさる」

シディヴァは呆《あき》れたように言ったが、タルカンは気に障《さわ》った様子もなく苦笑しただけだった。オチルが木陰でどこかの部族長と談笑しており、こちらの声が届かないのをちらりと確認してから、シディヴァは声を潜《ひそ》めた。

「宴席ではお気遣《きづか》いをいただきました。この鹿は後《のち》ほど、叔父上のもとに運ばせましょう」

「気にするな。お前が兄上の要求を突っぱねるとは、珍しいと思っただけだ。あの金の髪の娘を、よほど大事にしているのだな」

「ナスリーンには、借りがあるのです」

「その南人《なんじん》にも？」

タルカンが顎《あご》をしゃくって青嘉を示した。青嘉は少し居住まいを正す。

「近々婚礼を挙げるのだったな。私も祝わせてもらおう」

「ありがとうございます」

「早いほうがいい。兄上が気を変えないとも限らない」

「――はい」

「ユスフ、シディとはうまくやってるのか?」

シディヴァの傍に控えていたユスフは、にこっと余所《よそ》行きな笑みを浮かべる。

「ええ、タルカン様。夫婦仲は良好です」

「早くお前たちの子が見たいものだな」

「俺としてはいつでも準備万端なんですけどね。左賢王のお許しがございませんとなんとも」

「遠征続きで、暇《ひま》もないか。後で兄上に少し意見しておこう」

「結構です叔父上。そのような些末《さまつ》なことを、いちいちカガンの耳に入れないでください」

迷惑そうに顔をしかめる姪《めい》を、タルカンは微笑ましそうに眺めた。

「タルカン」

オチルが呼ぶ声がする。

タルカンは馬首をめぐらせ、兄のもとへ駆けていった。その後ろ姿を見送りながら、青嘉は正直なところ困惑《こんわく》していた。

(本当にこの人が、左賢王を暗殺したのか?)

通説ではそういうことになっていた。

だが実際に見たところでは、二人の間には軋轢《あつれき》は感じられない。本性を隠している可能性はあるが、タルカンの様子を見るに、シディヴァを姪として素直に可愛がっているように思える。

何より、自分が兄の後を継ぎたいとか、姪よりも名声を得たいといった権力欲のようなものが、彼からは一切感じ取れないのだった。

「タルカン殿は、誠実で優しそうな方だな」

青嘉が率直な感想を述べると、ユスフはそうだねと頷いた。

「温厚で、戦《いくさ》も強く、人望もある」

「完璧じゃないか」

「完璧な人間なんていない。あの方の欠点は、兄に絶対服従なところだ」

「だがそれは、臣下として正しい姿だろう」

「カガンに妻を殺せと言われて、本当に殺した男だぞ」

蔑《さげす》むように、ユスフは言った。

「その妻に、何か罪があったのか？　不貞を働いたとか……」

「何も。貞淑《ていしゅく》でおとなしい女だったよ。カガンはただ、自分の命令に必ず従う者がほしかったのさ。それで試した。自分の弟たちにそれぞれ妻を殺せと命じて、実際に殺せた者は傍に置き、躊躇《ためら》って殺せなかった者には死を与えた。――生き残ったのはタルカン様だけだ」

オチルと話しているタルカンの横顔を、まじまじと観察する。

「……なるほど、カガンが信頼する男か」

そういえば、と青嘉はユスフに尋ねた。

「さっき、シディヴァ様がナスリーンに借りがあると話していたが、何のことだ?」

「……あー」

ユスフはちらっとシディヴァを窺った。そして僅かに声を潜める。

「ナスリーンの、ここに」

そう言ってユスフは、とんとん、と自分の肩の後ろあたりを指した。

「傷痕《きずあと》が残ってるんだ」

「傷?」

「そう。シディはそれを気に病んでる。自分のせいで傷物にしたって」

「――まさか、シディヴァ様がナスリーンを?」

違う違う、とユスフは笑った。

「シディが襲われたことがあったんだ。突然矢を射かけられた。傍にいたナスリーンが、シディを庇《かば》ってそれを受けた。その時の傷」

「ナスリーンが……」

　ユスフは肩を竦《すく》めてみせる。

「だから俺はあいつのことを、まぁ……認めてる。シディの妻だなんだと騒いで、べったりなのは困るけどね。それでも、数少ない信じられる相手……ではある」

　信じられると言いながらも、なんとなく気に食わなそうな口調のユスフがおかしくて、青嘉は少し笑った。

「それで、借りか。その時シディヴァ様を襲ったのは誰だったんだ？」

「実行犯はすぐ捕らえたけど、裏に誰がいるのかは吐かずに自決した。まぁ、恐らくツェツェグ様だろう」

「ツェツェグ……カガンの妃か」

「さっさとあんな女狐《めぎつね》は殺してしまいたいけどね、俺は。曲がりなりにもカガンの妃では、そうそう手が出せない……」

　笛の音が聞こえた。獲物がいたという合図だ。

「――大きな牡鹿だ！」

　誰かが叫ぶ声がする。

　皆が一斉に馬を走らせ、獲物を追い始める。青嘉も、飛び出していくシディヴァに続いた。

突然、シディヴァの馬が悲鳴のようないななきを上げた。それと同時に、大きく竿立《さおだ》ちになった姿が目に入る。

青嘉は息を呑んだ。シディヴァの身体が毬《まり》のように馬上で跳ね、空を舞うように見えたからだ。

（落馬する――！）

しかし、シディヴァは振るい落とされなかった。

身体が鞍《くら》から離れることは免《まぬか》れなかったが、すんでのところで馬の首に両足を絡《から》めた。馬はしきりに興奮していななき、何度もその身をくねらせるようにして激しく飛び跳ね、滅茶苦茶に駆けだしていく。

「シディ！」

「シディヴァ様！」

ユスフと青嘉は慌てて後を追った。暴れだした馬の様子は異常だった。何かに驚いたとか、その程度の問題とは思えないほど制御不能のようだった。

暴れ続ける馬の首に跨《また》がりながら、不安定な体勢のままシディヴァが落馬せずにいるのはさすがだ。首に巻きついた余計なものを払いのけようと、馬はぶんぶんと首を振っている。

それでも振り落とされず、シディヴァはその反動をいなすように身を操っていた。見る限り、表情はあくまでも落ち着いている。

だが突然、彼女ははっとして身を仰《の》け反《ぞ》らせた。先ほどまで頭のあった場所を、ひゅっと黒い影が掠《かす》めていく。

矢だ。

続けてもう一度、どこからともなく矢が飛んできた。シディヴァはこれも間一髪で躱《かわ》す。青嘉は射た者の姿を捉《とら》えようとしたが、それらしき人影は見つからない。かなりの遠距離から狙っているのか。

馬は止まる気配がない。開けた丘陵《きゅうりょう》を不安定に駆け下っていく。

ユスフが一気に加速して、馬首を並べた。

「——シディ！」

駆けながら上体を乗り出し、腕を伸ばす。手を摑んだ瞬間、シディヴァは足を外して身を躍《おど》らせた。

乗り手を失った馬は、そのまま狂ったように飛び跳ねながら駆けていってしまう。

シディヴァを抱き留めたユスフは馬を止め、青嘉も駆け寄った。

「大丈夫ですか⁉」

シディヴァは「平気だ」と答えながら、すでに小さな影となって遠ざかっている馬の姿を険《けわ》しい目で追っていた。

「何があったんだ？　尋常《じんじょう》な様子じゃない」

「わからない。突然興奮して暴れだした」

騒ぎを聞きつけて追ってきたのだろう、オチルやタルカンが丘の上に姿を現していた。

オチルはユスフの馬上にいる娘に目を向けると、不愉快そうに眉を寄せた。

「――無様な」

近づこうともせず、開口一番そう吐き捨てる。

「クルムの左賢王が、馬を御《ぎょ》することもできぬとは」

「カガン、馬に問題があったようで――」

ユスフが弁明しようとするが、オチルはぎろりと睨《にら》んでそれを制した。

「馬の状態を見極めるのも、乗り手の務め。情けないことだ」

シディヴァは口を噤《つぐ》んだまま、父の顔を見据えている。

「行くぞ。興が醒めた。狩りは終いだ」

言い捨てて、オチルは背を向けた。

タルカンはちらりと心配そうな視線をシディヴァに向けたが、何も言わずにオチルに従った。

シディヴァはそれを無言で見送ると、

「俺たちも帰るぞ」

と言った。

「馬を探してきます」

馬が去っていった方へ向かおうとする青嘉を、シディヴァは制した。

「生きていればそのうち勝手に帰ってくる。……帰ってこなければ、死体を探しに行けばいい」

「死体――」

「馬の身体に、何かされた痕跡が残っているかもしれないからな」

「これは、誰かが仕組んだことだと？」

「そりゃそうでしょ」

ユスフが当たり前のように言った。

「シディが自分の馬を御せないなんて、あるわけないんだから。それに……見ただろ青嘉。誰かが矢を放ったのを」

青嘉は頷いた。

狩りの最中のことだったので、獲物を狙った矢が飛んできたということも可能性としては考えられる。だがあれはどう見ても、明確にシディヴァを狙っていた。

シディヴァが乗っていたのは、彼女の愛馬である黒毛の牡馬《ぼば》だった。クルムの民《たみ》は何より馬を大事にしている。墓にも一緒に埋葬すると聞いた。

彼女の表情は一見して冷静に思えた。

しかしよく見れば、その隻眼《せきがん》には冷たい炎が燃え上がっているようだった。

その晩、事の顛末《てんまつ》を話すと雪媛は表情を曇らせた。

「シディヴァが、狙われたのか……」

「間違いないと思います」

「馬は？」

「まだ戻ってきません」

「ユスフの言う通りだろうな。シディヴァが馬から振り落とされそうになるとは考えにくい。なんらかの細工がされたはずだ」

「二人は、ツェツェグ様を疑っているようでした」

「例の継母《ままはは》か」

「ええ。確かに怪《あや》しいでしょうね」

「宴の様子を見る限り、シディヴァをよく思わない者もまだ多くいるのだと思う。そうした部族長たちが結託した可能性もあるかもしれないな。誰か、怪しい動きをする者はいなかったのか？　シディヴァの馬に近づいた者とか……」

「馬が暴れる直前に近くにいたのは、俺とユスフ、それに……右賢王タルカン殿です」

青嘉はもちろん、ユスフも下手人《げしゅにん》であるはずがない。そうであればやはり、タルカンがシディヴァの馬に何か細工をした可能性が高い。

「右賢王か。……彼をどう思う」

「立場からすれば、シディヴァ様を追い落とそうと狙っていてもおかしくはありません。一見穏やかそうですが、ユスフから聞いた話では非情な面もあるようですので、あれは周囲を煙《けむ》に巻く演技なのかも」

タルカンが兄に命じられて自身の妻を殺したという話をすると、雪媛は不愉快そうに顔をしかめた。

「やり方には賛同しかねるが、カガンは立場上、自分の兄弟を選別する必要があっただろうな。自らの地位を脅《おびや》かすかもしれない相手だ。信じられるのかどうか、見極めようとするのは当然だろう。そして、その結果タルカンはカガンからの信頼を勝ち取った。そこまでしたのなら、シディヴァさえいなければ……と思わないとも限らない」

明日から本格的に大会議が始まる。これは城内で行われ、部外者が立ち入ることはできないし、武器を手に参加することも許されないという。

「タルカンの周囲を警戒してくれるか、青嘉」

「わかりました」

「シディヴァには、死んでもらっては困る」

やはり雪媛も、来《きた》るべきシディヴァの死を未然に防ごうとしているのだろうか。青嘉はさりげなく彼女の様子を窺った。

「――なんだ?」

「ああ、いえ……。市場は、どうでしたか?」

「思った以上に賑《にぎ》わっていた。ナスリーンがあれも食べたいこれも食べたいと、市場中の食べ物すべて食い尽くしそうな勢いだったな。見たことのないものばかりだったが、逆に瑞燕国のものも並んでいた」

そう言って雪媛は、小さな袋を取り出した。

「純霞が買うと言うから、一緒に瑞燕国産の茶葉を買ったんだ。飲むか?」

「いいですね、是非」

湯を沸かしながら、雪媛はそれから、と言った。

「簪も売っていた」

「気に入ったものがありましたか？」

「お前が選ぶ約束だぞ。そのうち、一緒に行こう」

茶を煮出している雪媛を、青嘉はじっと見つめた。返事がないことを怪訝《けげん》に思ったのか、雪媛が顔を上げる。

「なんだ？」

「――いえ――はい。行きましょう」

思わず口許《くちもと》が緩《ゆる》んだ。

『一緒に』という言葉が、これほどに感慨《かんがい》深いことはなかった。

雪媛が淹《い》れた茶は、確かに懐かしい香りがした。僅かな苦みが舌の上に広がると、瑞燕国の風景が思い起こされるようだった。

雪媛も一口こくりと飲むと、ほっとしたような息をついた。

「やはり、慣れたものは落ち着くな」

言いながら、どこか遠い目をしている気がした。

何かを思い出しているのだろうか。いつも茶を淹れてくれていた芳明《ほうめい》のことかもしれないし、母である秋海《しゅうかい》のことかもしれない。

「雪媛様」

「うん？」

「本当に、婚礼を挙げましょうか」

少しぼんやりしていた雪媛の瞳が、ふっと凪《な》いで、透き通った。

僅かに見開いた眼がこちらを向く。

「カガンは諦《あきら》めた様子ではありましたが、いつまたあのような要求をしてくるかわかりません。ただでさえクルムの男は、人の妻を略奪することを厭《いと》わないと聞きます。ですが左賢王の取り計らいで夫婦となったとなれば、カガンに限らず誰であれ、手を出そうなどとはそうそう思わないでしょう。身の安全のためにも――」

雪媛は聞きながら、徐々に不穏な様子を湛《たた》えて、じろりと青嘉を睨んだ。

「おい」

「は、はい？」

「妙な言い訳はせず、はっきり言え」

青嘉はその意を悟った。

慌てて身を乗り出す。

だがこんな時、気の利《き》いた言葉のひとつも出てこない。

青嘉はすうっと息を吸い込むと、ただ、その心に思うことだけを口にした。

「――俺の、妻になっていただけますか」


会議は七日にわたって行われる予定だった。

雪媛と青嘉は、シディヴァが城へ向かう前に揃《そろ》って彼女を訪ね、早いうちに婚礼を挙げたいと告げた。

「ようやく話がまとまったか。面倒なやつらだな」

シディヴァは若干《じやっかん》呆《あき》れたように言いながら、馬を撫でた。愛馬はいまだに戻ってきていないので、代わりの馬が用意されたのだ。

「俺もカガンにああ言った手前、ここにいるうちに済ませたいと思っていた。すぐに準備させよう」

「クルム式の婚礼で構わない。そのほうが余計な手間もかからないだろう」

「そうだな。ユスフ、取り計らってくれるか」

「シディ、じゃあ一緒に俺たちの婚礼も――」

「黙ってさっさと手配しろ」

「はーい」

シディヴァはユスフを伴って城へと向かったが、ユスフは議場へ入ることは許されずに控えの間で待つことになるのだという。当然ながらナスリーンの同行は許されなかった。

しかし、ナスリーンにふてくされる様子はない。宴の一件以来、我儘《わがまま》が減ったようだ。

それに気づいているのだろうか、シディヴァは見送りに出てきた彼女に「行ってくる」とだけ告げて、頭を軽く叩いていった。褒《ほ》めているつもりなのかもしれない。

シディヴァを見送ったナスリーンは、うきうきとした様子で雪媛に飛びついた。

「春蘭、ついに結婚するのね！　まぁ、今もほとんど結婚してるようなものだものね！　おめでとう！」

「本当に、おめでとう」

純霞も嬉しそうに目を細める。

「花嫁の準備、私に手伝わせてくれる？」

「あっ、私も！　私もやるー！」

純霞の申し出にナスリーンが手を上げて乗っかる。

雪媛は、なにやらまだ他人事《ひとごと》のような、現実とは思えない奇妙な気分だった。

これまで夫といえる存在は二人いたが、いずれも皇帝であったので婚礼を挙げた経験はない。奴婢《ぬひ》であった頃は尚更、そんな未来を思い描くことも難しかった。自分には遠いものだと思っていたことが突然目の前に現れて、なかなか実感が湧かないでいる。

ただ、秋海のことは心に浮かんだ。

（お母さまが、ここにいたらよかった……）

花嫁姿を見せたら、きっと喜んだだろう。

「クルムの婚礼ではね、花婿《はなむこ》が家族を連れて、馬に乗って花嫁のユルタに迎えにやってくるのよ。それで花嫁の家族が別れの歌を歌うの。そうしたら花婿の家族も、お返しに『娘さんを大事にします』っていう内容の歌を歌って――」

「ナスリーン、客が来てるぞ」

結婚準備の話で盛り上がっていると、ムンバトが顔を出した。

「私に？　お客？」

ナスリーンが首を傾げる。

「こんなところで私を訪ねてくる人なんて……」

ムンバトの後に続いてやってきたのは、ゆったりとした異国の装束《しょうぞく》に身を包んだ壮年の男だった。金の首飾りに腕輪、大きな紅玉《こうぎょく》や金剛石《こんごうせき》を埋め込んだ指輪をいくつも嵌《は》めて、その溢れんばかりの宝飾品から見るからに裕福であるとわかる。

男はナスリーンに歩み寄り、少し気後《きおく》れしたように微笑みかけた。

「ナスリーン、元気そうだな」

ナスリーンは息を呑んで瞠目《どうもく》した。

「…………お父様」

「えっ」

純霞が思わず声を上げ、はっとして口を手で覆《おお》った。

見れば確かに、男はナスリーンとそっくりな輝きの金髪だ。ではこれがタンギラ王イマンガリか、と雪媛は男を見据える。

「どうしてここに……」

「大会議でクルムの全部族長が集まる場だからな。是非彼らと友好関係を結びたいと思って、しばらく滞在する予定なんだ。それで、お前が左賢王様とともにここにいると聞いて……」

恐る恐る機嫌を窺うような態度の父親とは裏腹に、ナスリーンはすっと表情を消した。

「そのぅ……不便はないか？」

「ええ、お陰様で。何不自由なくやってるわ」

「そうか。それはよかった」

「何か用？　――タンギラに便宜《べんぎ》を図るようにシディに取り次いでほしいの？　あいにく、留守にしてるわよ」

いつになく刺々《とげとげ》しい言いようだった。

イマンガリは驚いたように、違う、と慌てて首を振った。

「お前の顔を見に来たんだ。ナスリーン、ずっと心配していた」

「…………」

ナスリーンはそっぽを向き、父親を見ようともしない。

「だが、そうか……左賢王様は、お前を大事にしてくださっているんだな。よかった」

ほっとした様子のイマンガリだったが、娘の頑《かたく》なな態度に戸惑いを隠せないでいる。

「その、な、ナスリーン。献上用に、タンギラの品をたくさん持ってきているんだ。お前の好きな菓子や、お気に入りだった絹の布地もある。お前に会えるかと思って、多めに用意してきた。私は城に滞在用の部屋を用意していただいてるから、いつでも遊びに来るといい」

「…………」

「天幕暮らしは大変だろう？　お前はずっと城で暮らしていたんだし、慣れない環境で頑張ってきたんだ。少しだけでも、休みにおいで」

「………」

「そうそう、城には立派な浴室があるんだ。お前、お風呂が好きだろう？　いつも花を浮かべたり牛の乳を混ぜたりしていたじゃないか。草原では湯に浸《つ》かることなど、そうそうできないだろうに。どうだ、ゆっくり浸かりに来たらいい」

　ぴくん、とナスリーンが反応した。

　興味を引けたと思ったのか、イマンガリは表情を明るくする。

「な、どうだろうナスリーン。その……お前とゆっくり話がしたいんだ。あんな形でお前を行かせたことは、本意じゃなかった。それに、お母様からの手紙も預かっているんだよ」

「お母様の……？」

　ようやくナスリーンは父親に顔を向けた。

「ああ。とても心配していたよ」

「……別に、心配してくれなくても、幸せにやってるわ。シディは優しいし、お金を湯水のようにじゃぶじゃぶ使わせてくれるし、なんの不満もないわよ。むしろ今、人生で一番幸せなくらい！」

「……そうか」

イマンガリは曖昧《あいまい》に笑った。

「気が向いたら、城を訪ねておいで。私はひと月ほど滞在するつもりだから」

「…………」

「そろそろ戻るよ。お前の元気そうな顔が見れてよかった。じゃあ……待ってるから」

いくらか気落ちした様子で去っていくイマンガリを、ナスリーンは無言で見送った。

やがてその姿が見えなくなると、つかつかと彼女が寝起きしているシディヴァのユルタに入っていく。雪媛と純霞は心配で、その後をついていった。

「ナスリーン、大丈夫？」

「別に。どうして？」

純霞が言葉に迷うように口を噤《つぐ》んだ。

「気にしないで。あの人、どうせ私がシディに気に入られたって知って、ご機嫌を取ろうとしてるだけよ」

「ナスリーン……」

「そういう人なのよ。私をシディのところへ行かせる時も、それなりに苦渋《くじゅう》に満ちたような顔をしてたわ。それでも結局、国のためとか、王としての務めを優先させるの。――それで正しいんでしょうね。だってあの人は一国の王なんだから。民の命と未来を預かっているんだもの。そして私も、王女なら国のために身を投げ出す責務がある。皆、なすべきことをしただけなのよ」

悟ったようなことを言いながらも、ナスリーンの表情は納得しているとは言い難《がた》いものだった。ひどいしかめ面《つら》だ。

「城へ行くのか？」

雪媛が尋ねる。

「行かないわよ！　まったくもう、子どもじゃないんだから、食べ物やお風呂につられるわけないいじゃないの！　あの人、私をいくつだと思ってるの！　馬鹿にしないでほしいわね！」

「でも、お母様からの手紙があると仰《おつしや》っていたわ。いいの？」

純霞が心配そうに言った。

するとナスリーンが表情を僅かに揺らがせた。

「…………」

「嫌なら、行かなくていいと思うわ。ただ、ナスリーンが後悔しないように……それが、一番だわ」

純霞たちと昼餉《ひるげ》を摂《と》った後、ナスリーンはひとり、ユルタに引き籠《こ》もった。

思いもよらず久しぶりに目にした父の顔は、ナスリーンを一瞬で子ども時代に連れ戻そうとするようだった。

寝台の上に仰向けになっていると、幼い頃の思い出ばかりが蘇《よみがえ》ってくる。

父を追いかけて庭を駆け回り、笑い転げていた頃。母はそれを微笑ましそうに眺めながら、幼い弟の手を引いていた。

何がそれほど楽しかったのか、笑っても笑っても止まらなくて、不思議なほど幸福な時間だった。

年頃になってからは自然と父とは距離ができてしまったけれど、あの頃の自分は、嫌な顔ひとつせず遊んでくれる父のことが大好きだったのだ。

（だからってほだされたりしないわ。私を敵に送りつけたこと、忘れたりしないんだから！）

――とても心配していたよ。

――お前の元気そうな顔が見れてよかった。

「…………」

ナスリーンはむくりと起き上がると、ユルタを出た。

ちょうど通りがかったムンバトを目に留めると、手招きして呼びつける。

「――ムンバト！　ちょっと来て！」

「なんだよ？」

「城に行くから、ついてきて」

「おい、シディヴァ様に叱《しか》られるぞ。会議中なのに押しかける気か」

「違うったら。父を訪ねるだけよ。用が済めばすぐに帰るわ」

「え、行くのか？　だってお前、父親のこと恨んでたんじゃないの？」

「私、大人だから。いつまでも昔のことでぐちぐち言ったりしないわ。左賢王の妻として、属国の王に寛大な態度を取らなくちゃね」

つんと澄ました顔でナスリーンは言った。

ムンバトの馬に乗せてもらい、ナスリーンは城の門を潜《くぐ》った。

取り次ぎを頼むと、すぐに丁重に中へと案内された。先日の宴のおかげで、ナスリーンがシディヴァの庇護下《ひごか》にあると知れ渡っているらしい。誰も彼も大層慇懃《いんぎん》な態度で接してくれる。

「こちらでお待ちください」

　案内されたのは天井が高く大きな窓のある、風通しのよい部屋だった。

　色彩豊かな模様が細かく編み込まれた絨毯が敷かれ、艶《つや》やかな陶器が並び、そこここに観賞用の緑が置かれている。窓の外には軽やかに飛沫《しぶき》を上げる噴水が望めて、日の光を受けてきらきらと輝き、涼しげだ。

　ナスリーンは少し、居心地の悪さを感じた。

　もともと城暮らしをしていたので、本来はこうした眺めに慣れているはずだった。しかし草原の広大な風景に抱かれた生活を知った今、ここはあまりに人工的で狭苦しく、閉塞《へいそく》感《かん》すらある。

「ナスリーン、来てくれたのか！」

　扉が開き、嬉々《きき》とした表情のイマンガリが駆け寄ってきた。

　その姿に溜飲《りゅういん》の下がる思いと、そしてじわりと慕《した》わしさがよぎる。

（だめだめ。毅然《きぜん》としなくちゃ）

　ナスリーンは居住まいを正した。

「すぐに帰るわ。お母様のお手紙をちょうだい」

「せっかく来たんだ、ゆっくりしていきなさい。お前の好きな菓子も用意させよう。ああ、誰か、風呂の準備を頼む。薔薇の花を浮かべてくれ」

「いいわよ、すぐ帰るったら」

「いいから、いいから。——ほら、お前の好きな薄荷茶《はっかちゃ》だ。懐かしいだろう、飲んでいきなさい」

使用人が清涼な香りを漂わせた茶を器に注いだ。それは確かに幼い頃から慣れ親しんだ味で、クルムに来て以来口にしていない。暑い時季にこれを口に含むと、さっぱりとして美味しいのだ。

一緒に出された焼き菓子の皿を、イマンガリが勧める。

「この木苺《きいちご》のパイも、好きだっただろ。よくダリウスと取り合ってた」

ダリウスはナスリーンの弟であり、未来のタンギラ王である。

「これは全部食べていいからな。足りなければもっと用意させる」

「もう子どもじゃないのよ。お菓子ひとつでそんな食い意地張ってないわよ」

そう言いつつも、ナスリーンは茶に口をつけてほっとした気分になった。

(私が好きなもの、ちゃんと全部覚えてるんだわ……)

ついつい菓子にも手が伸びる。

「お母様、お元気?」

「うん、まぁ……お前がいなくなってからは、しばらく元気がなかったけどね。最近はダリウスの結婚のことで、なにかと忙しくしている」

「ダリウス、結婚するの？」

「ああ、いい縁談があってな」

「そう。相手はどんな子？　私の知ってる人？」

「お前は会ったことがないと思うな。だがとても綺麗ないい娘さんだよ」

「ふぅん……」

自分がいなくなったあの城も、そうやって新しい家族が増えて、まったく別ものになっていくのだ。そこにはもう、自分の居場所はない。

「そうだ、風呂の前に私の部屋へ案内しよう。露台からの景色が見事なんだ、お前に見せたいな。お母様の手紙も置いてある」

イマンガリが立ち上がったので、ナスリーンは手にしたパイの残りを口の中に押し込んだ。

母は最後まで、ナスリーンを泣きながら見送った。きっと今も、心配しているはずだ。

「ああ、君はここで待っていてくれ」

二人についていこうとしたムンバトはイマンガリに制されて、むっとしたようだった。

「いえ、目を離さないようにと左賢王にきつく命じられておりますので」

「水入らずで話したいこともあるんだ。久しぶりの親子の対面に気を利《き》かせてくれ」

「ですが、これが自分の役目ですので――」

引き下がらない様子に、イマンガリは少し気分を害したようだった。

「私はナスリーンの父親だぞ。監視するつもりか?」

ナスリーンはムンバトの袖《そで》を引いた。変にこじれるのは面倒だ。

「ムンバト、いいわ。ここで待ってて」

「ナスリーン、でも」

「すぐ戻るから。そこのお菓子、食べてていいわよ」

付き人が控えの間で待つのは城では当然のことだ。ムンバトを置いて、ナスリーンは父の案内で部屋を後にすると長い回廊に出た。

(お風呂、せっかく用意してくれているなら本当に入っていこうかしら。たっぷりのお湯に浸かると気持ちいいのよね……)

思わず足取りが浮き立った。

イマンガリの言う通り、草原に風呂などない。タンギラにいた頃は毎日入浴を楽しんでいたナスリーンは、実はそれだけが少し不満だったのだ。薔薇の香りに包まれて湯に浸かるのを想像し、うっとりとする。

「ここだ」

立派な透かし彫りの施《ほどこ》された扉を、イマンガリが押し開く。

少し薄暗い室内には人影があった。ナスリーンは、イマンガリが連れてきている使用人だろうと思った。

しかし、その人物の顔を見て思わず立ちすくむ。

シディヴァの継母であるツェツェグが、悠然とこちらに顔を向けた。

彼女の隣には陰鬱《いんうつ》な表情の侍女が控えている。

「ど、どうして、お妃様がここに……？」

戸惑いながらナスリーンは、父の袖を縋《すが》るように掴んだ。

しかし父は何も言わない。

ツェツェグは、にこりと微笑んだ。

四章

クルムの大会議は、かつては地平の彼方《かなた》まで広がる大空の下で行われていた。草原中から集《つど》った各部族の勇士たちがユルタを並ばせ、川辺で車座に腰を下ろし、宴《うたげ》を催《もよお》し、互いの意見をぶつけながら合議したものだった。

だが最近は、オチルが征服した国から奪ったこの石の城の、最も大きな広間で行われることになっている。高い窓からいくらか日は差しこむものの、それでも陰鬱《いんうつ》で薄暗いとシディヴァには思えた。

会議は朝から始まり、初めに各地における戦《いくさ》の状況とその結果について報告が行われた。続いて今後の進軍計画についてオチルが方針を示し、採決となる。

採決といっても、そのほとんどはオチルの意向を諾々《だくだく》と承認するだけであり、ただの儀礼のようなものになり果てている。それがシディヴァには不満だった。もっと活発な議論が、かつてはあったはずだった。

「そろそろ休憩としよう。昼餉《ひるげ》をこれへ」

オチルの指示で食事が運ばれてくると、議場はざわめきに溢《あふ》れた。

魚料理に生野菜に果物と、草原では馴染《なじ》みのない品ばかりが並ぶ。

シディヴァはそれを冷めた目で眺めながら、父は毎日こうした食事をしているのかと僅《わず》かな失望を感じた。

豊かになるのはよいことだ。食べ物に困らないのは素晴らしい。だがどれほど領土を広げようと、どれほど他国の文化に学び受け入れようと、それでも己《おのれ》はあくまで草原で生きる民《たみ》であるとシディヴァは思っている。

恐らく自分は、乳を搾《しぼ》って飲み、羊を捌《さば》いて食べる生活を変えることはないだろう。手の込んだ美味な料理は嫌いではないが、それが自分の日常になれば、もはやそれはクルムのシディヴァではない気がした。自分は他国が羨《うらや》ましいのではないし、誰かと同じものになることを望んでいるわけではない。

会議に出席している部族長たちは、滅多《めった》に口にできない料理の数々を嬉しそうに口に運んでいる。オチルもまた、慣れた様子で蒸した魚を頰張りながら、タルカンと談笑していた。

「聞いたぞ、シディヴァ。左賢王《さけんおう》がアルスランの市場ごと買いつくそうとしているとな」

先日のナスリーンたちの市場での散財ぶりが、耳に入ったらしい。

「城下では商人たちがこぞって、そなたのために選《え》りすぐりの高価な品を用意して待ち構えているそうではないか」

「市場を活気づかせているまでです」

「お前がアルスランへ来た途端、誰も彼もお前に夢中らしい。——なんだ、食が進んでおらぬな。口に合わぬか」

シディヴァの前に置かれた料理が一向に減っていないことに気づいたオチルは、少し不満そうな顔をした。

「いえ。ただ、私は羊のほうが好きなもので」

自分には合わない、というのはシディヴァの個人的な想いであり、他者に強要するものではなかった。食べたい者は、食べればよい。

「ははは！　そうか。おい、羊肉をシディヴァへ」

配膳をしていた男が、焼いた羊肉を載《の》せた皿を手にやってきた。

「希少な香辛料《こうしんりょう》で味をつけてある。旨《うま》いぞ」

「カガンのお気遣《きづか》いに感謝を」

すると近くに座っていた一人の部族長が、赤ら顔で近づいてきた。すでに酒に酔っているらしい。

「なんと、天下無双の左賢王ともあろう方が、魚や野菜が苦手でございますか！」

「やはり、慣れたものが一番でな」

「いやいや、これから我らはさらにこの大地を席捲《せっけん》するのですぞ。すべての土地を食い尽くすのです。家畜も、黄金も、女も！」

　そう言って、手にした魚料理を押しつけてきた。

「これはまことに絶品ですぞ、どうぞ一口」

　バータルというこの男が、シディヴァは嫌いではなかった。戦ではよく働く手練《てだ》れであるし、早いうちからシディヴァ支持を表明した一人でもある。

　シディヴァは仕方なく、勧《すす》められた魚の身を少し口に運んだ。

「……確かに、舌の上でとろけるようだ」

「そうでしょう、そうでしょう！」

　おもむろにシディヴァに出された皿を手にすると、バータルは羊肉にがぶりと齧《かぶ》りついた。豪快に咀嚼《そしゃく》しながら笑う。

「うむ、確かにこちらも旨い！　ですがやはり、羊には少々飽きましたなぁ！」

「そうか。私は肉のほうが好みだな。魚はどうも淡泊すぎて、食べた気がしない――」

話しながら、バータルの顔色が変わったことに気づいた。

息が浅くなり、青白い顔で喘《あえ》ぎ始める。

シディヴァは訝《いぶか》しんで声をかけた。

「……？　どうした？」

「……う……っ……あぁ」

うめき声を上げて、ぐらりと身を揺らす。

音を立ててその場に倒れ込むと、胸を押さえながらひくひくと痙攣《けいれん》した。

「バータル！」

口の端から泡を吹いている。シディヴァはすぐに「医者を呼べ！」と声を上げた。

「肉を調べろ！　毒だ！」

「バータル殿！」

議場は騒然となった。

慌《あわ》ただしくやってきた医者が、すぐに別室へ連れていくように命じる。苦しみながら運ばれていくバータルの姿を見送りながら、シディヴァは歯嚙みした。

タルカンが険しい表情で、「皆落ち着け！」と制した。

「この皿を用意した者をすぐに連れてまいれ！　料理人と、配膳をした者すべてだ！」

周囲にいた者は皆、それがシディヴァのために運ばれたことを知っている。つまり本来狙われていたのは、シディヴァのはずであった。

「カガン！」

侍従《じじゅう》が駆け込んでくる。

「配膳をしていた男が、先ほどそこで自害を……！」

下手人《げしゅにん》は明らかになったようだった。

オチルは重い息をついた。

「毒見はどうなっておるのだ！」

「毒見役はなんともございませんでした。毒見の後、ここへ運ぶ途中で密《ひそ》かに毒が盛られたのでは……」

「役立たずが！　その毒見役は殺せ！」

オチルの怒号が議場に響き渡ると、高い天井に反響して何重にもこだまし、誰もが身を縮こませた。

やがてオチルは立ち上がると、「今日はこれで終《しま》いだ！」と部屋を出ていってしまう。

「シディ、大丈夫か」

タルカンが心配そうに声をかけてきた。

「平気です。……今回は随分《ずいぶん》と運がよかったようです」

「お前が無事でよかった」

ぽんぽん、と肩を叩いて、タルカンも部屋を出ていく。

その後ろ姿を、シディヴァは油断なく見据えた。

使用人が独断でこんな真似をするはずがない。

必ず、指示した人間がいるはずだった。


「シディ！」

議場を出て門に向かっているとユスフが駆け寄ってきて、ほっとした表情を浮かべた。

「毒を盛られたって？」

「話は、外に出てからだ」

二人は足早に城を後にして、馬に乗り込んだ。

「シディに何事もなくてなによりだったけど。毒を口にしたのはバータル殿だって？」

「ああ。俺に毒入りの皿を運んできた男は、事が発覚する前にさっさと自決したらしい」

「あの人が死ぬのは痛いな。図々しいところはあるけど、実績も発言力もあるのに」

「お前はそういう物言いばかりするんじゃない。少なくとも今、やつは俺のせいで苦しんでいる」

「まだ生きてるんだ？」

「医者は、助かるかわからないと言っていた」

「黒幕はツェツェグ様かな」

「もう、知りようがない。調べたところで何も出ないだろう」

命を狙われるのは初めてではない。そしてその都度、真の下手人まではたどり着けない。宿営地に戻ると、毒殺未遂《みすい》の話はまだ伝わっていないのか平穏な空気が流れていた。だが、いつもならすぐに迎えに出てくるナスリーンの姿がない。

「珍しいね、ナスリーンが飛び出してこないなんて」

ユスフが揶揄《からか》うように言った。

「宴からこっち、随分落ち込んでたもんね。少し慰《なぐさ》めてやったら」

「お前こそ珍しいな。ナスリーンを気遣うとは」

「ナスリーンが元気ないと、なんか調子狂うよね」

「それは同意する」

「さっきの件を知ったら、心配してくっついて離れなくなるんじゃない」

ユルタを覗《のぞ》くがナスリーンはおらず、シディヴァは手近にいた兵士に声をかけた。

「ナスリーンは？」

「タンギラ王に会いに、城へ向かわれました」

「タンギラ王だと？」

ナスリーンの父親だ。いつの間にアルスランへやってきていたのだろう。

「ひとりで行ったのか？」

「ムンバトを連れていきました。すぐ戻る、と仰《おつしや》って」

「そうか――」

ナスリーンは父親を恨んでいると思っていた。だが、やはり肉親の情として、会いたくなるものなのだろうか。

そこへやってきた雪媛《せつえん》が「シディヴァ」と声をかける。

最近の雪媛は宣言通り、内輪《うちわ》ではシディヴァに対して以前のようにへりくだった物言いはしなくなっていた。シディヴァはそれが嫌ではなかったし、むしろ好ましく感じていた。この南人《なんじん》の女はさすが二代にわたって一国の皇帝を掌握《しようあく》していただけあり、先日のオチルを前にしての堂々とした振る舞いを見ても、肝《きも》が据《す》わっていて気に入っている。

「会議はどうだった？」

「今日のところはそう紛糾《ふんきゅう》するような内容でもない。瑞燕国《ずいえんこく》への出兵は満場一致で承認だ」

「そう……」

「お前たちの婚礼には、カガンも贈り物をすると仰っていた」

「クルムの大会議というのは、そんなことまで話し合うのか？」

「まさか。これはただの雑談だ」

「今朝、ここにタンギラ王がやってきた」

「ああ、ナスリーンが城へ会いに行ったと聞いた」

「最初はあまり乗り気じゃなかったようだけど。……まぁ、含むところはあるにせよ、久しぶりに肉親の顔を見れば懐《なつ》かしくなるんだろう」

「お前も肉親に会いたいか？」

「会わせる顔がないな。迷惑と苦労しかかけてない」

「俺が瑞燕国へ遠征したら、お前の親を連れてきてやってもいいぞ」

　雪媛は苦笑する。

「随分とお優しいな。私は見返りに何をすれば？」

「会えなくなってから後悔するくらいなら、生きているうちに会っておいたほうがいい。

——ちなみに俺はついさっき、毒を食らいかけた」

「……え？」

「幸い、見ての通り無事だ。だが一歩間違えば、今頃息をしていなかったな」

「毒？　下手人は？」

「死んだ。この件は、それで終《しま》いになるだろう」

雪媛は険しい表情を浮かべた。

「ここには、敵が多そうだな」

「そうだな。だが、今さらだ。昔からこうだからな」

「――シディヴァ様！」

騎乗した青嘉が駆けてきて、シディヴァの前に馬を止めた。

「見つけました。森の奥に」

それだけで察した。狩りで暴れた馬のことだ。

シディヴァは自分の馬に名をつけない。戦で失うことも多いから、変に情を持ちたくなかった。

三年は乗り続けた馬だった。よく走り、力強く、彼女の意思をよく汲《く》んでくれた。結局、名前をつけないことに意味などなさそうだった。

「案内しろ。ユスフ、一緒に来い」

「私も行く」

雪媛も同行を申し出て、四人は宿営地を出た。

背の高い木々の合間に横たわった黒馬は、すでに冷たくなっていた。屈《かが》み込み、注意深くその身体を端々《すみずみ》まで観察するが、目立った傷は見当たらない。

「……何か飲まされたか」

大きな歯の並ぶ口を両手でこじ開ける。あれほど暴れるということは、やはり薬を盛られた可能性が高い。しかし、そんなことをするような機会はなかったはずだ。

「シディ、ここ」

ユスフが馬の臀部《でんぶ》を指した。よく見ると、細い針が刺さっている。

「興奮作用のある毒ってとこかな。吹き矢の使い手でも用意したか……」

「そうであれば、随分と用意周到な計画だな。シディヴァを落馬させ、獲物を狙った矢が流れたふりをして射る……。うまくいけば、狩りの最中の不幸な事故として扱われただろうな」

「ところがシディヴァ様は落馬しなかったので、予定が狂った。矢を射かけたものの、これも躱《かわ》された――と」

「失敗の可能性も考えていたかもね。でも少なくとも、カガンの前でシディに恥をかかせることはできる。クルムの民が馬を御《ぎょ》せないなんて、最大の屈辱だ」

三人が暗殺計画の内幕を考察するのを聞きながら、シディヴァは動かなくなった愛馬の首を撫でていた。

「――臆病者のすることだ」

低く呟《つぶや》く。

自分が目障《めざわ》りならば、堂々と眼前に立ちはだかり、剣をとって首を取りに来ればいい。そんなこともできない相手に、この馬は殺されたのだ。

それが何より、腹立たしかった。

日が暮れる頃になっても、ナスリーンは城から戻ってこなかった。

雪媛に聞いたところでは、好きな菓子や大きな風呂を餌《えさ》につられていったというから、今頃は食べたいだけ食べ、ゆったり湯に浸《つ》かって寛《くつろ》いでいるのかもしれない。

ナスリーンには、やはり街での暮らしのほうが合っているのだろう、とシディヴァは思った。無理にシディヴァについてくる必要はないし、本人が希望するなら定住するための屋敷も用意してやるつもりだった。

ナスリーンがいないと、ユルタの中はひどく静かだった。

そろそろ、本当に彼女の夫を見つけてやらなければならない。そんなことを言えば、また頰を膨《ふく》らませるかもしれないが。

「失礼します、シディヴァ様」

ムンバトの声だった。帰ってきたのか、と入るように促《うなが》す。

しかし姿を見せたのは、この少年一人だけだった。

「ナスリーンは?」

「あの、それが……」

困ったようにムンバトは眉を下げた。

「ナスリーンから伝言を預かってきました。今夜は久しぶりに父親と過ごしたいので、城に泊まると……。あの、俺も残ると言ったんですが、タンギラ王に親子水入らずを邪魔するなと追い出されてしまって……」

「──そうか」

「帰るときにはまた呼ぶから、迎えに来いと言われました」

「わかった。下がれ」

ムンバトは少しむくれた顔でユルタを出ていった。

この少年がナスリーンに密かに想いを寄せていることは知っている。相手が父親とはいえ、自分が邪魔者扱いされたことが不満なのだろう。

（明日、会議の前に少し様子を見に行くか……）

シディヴァは外へ出ると、すぐ隣にあるユスフのユルタに向かった。おもむろに扉を開け、何も言わずにずかずかと中へ入る。

まだ起きていたユスフが少し驚いて、

「夜這《よば》い？」

と笑った。

「そんなところだ」

「ナスリーンがいなくて、寂《さび》しいんだろう」

「……そんなところだ」

「俺もいつも寂しいんだけど。妻が一緒に寝てくれないから」

「南方攻めが終わったら、しばらく夜はお前のところへ行く」

ユスフは飛び上がりそうなほど驚いて目を見開き、勢い込んでシディヴァの肩を摑んだ。

「それ絶対！　絶対だよ!?　嘘じゃないよね？　約束だからね！」

「わかったわかった」

「あとで忘れたとか言わないよね⁉」

「記憶力は衰《おとろ》えていないから安心しろ」

うるさそうにユスフを引き剝《は》がして、自分は寝台に横になる。

「明日も一日会議だ。もう寝るぞ」

心得たようにユスフが隣に身を横たえる。

これまでも床《とこ》を共にしたことがないわけではない。だが、身重になれば自分の身体を思うように扱えなくなる。時期は慎重に選ばなくてはならない。

「気をつけてよ、シディ」

ユスフが呟く。

「シディがいない世界なんて、俺生きててもつまらないんだから」

「後を追って死ぬとかくだらないことを言うつもりなら、殴《なぐ》る」

「殴ってくれるシディがいてくれるのがいいね。――明日、ナスリーンを迎えに行ってあげなよ。きっと喜ぶよ、あいつ」

おやすみ、とユスフが腕の中にシディヴァを引き寄せ、目を瞑《つぶ》る。

心地よい体温を感じながら、シディヴァはようやく、まどろみの中に身を沈めた。

翌日、城へ入ったシディヴァは議場へと真《ま》っ直《す》ぐには向かわずに、タンギラ王の客室を訪ねた。

久しぶりに会うイマンガリは、突然やってきたシディヴァに驚いて慇懃《いんぎん》に跪《ひざまず》いた。

「これは、左賢王様！　ご無沙汰《ぶさた》をしております」

「久しいな、イマンガリ」

「ご挨拶《あいさつ》が遅れ、大変失礼いたしました。昨日宿営地にお訪ねしたところ、入れ違ってしまったようで。本日改めて伺《うかが》おうと思っておりましたが……」

「いい。娘とゆっくりできたか」

「――ええ、はい。おかげさまで」

「ナスリーンは？」

「それが、まだ寝ておりまして……昨夜はタンギラから持ってまいりました酒をだいぶ過ごしておりましたので。申し訳ございません」

「会議が終わったら、俺が迎えに来る。支度させておけ」

「ああ、いえ、左賢王様自らそのような。私が送っていきますので、どうぞお気遣いなさいませんように」

「イマンガリ、娘のことは俺が責任を持って預かっているから心配するな。そのうち、よい夫を見つけてきちんと結婚させてやる」

するとは小国の王は、僅かに表情を固くした。

「……左賢王様にはとんだご無礼を働いたというのに、なんとありがたいお言葉。感謝いたします」

どこか物憂《ものう》げな表情を浮かべるイマンガリに、シディヴァはなんとはなしに違和感を覚えた。

イマンガリと別れ、議場へ向かうための薄ら寒い階段を下っていく。さらに暗く長く陰《いん》鬱《うつ》な回廊を歩いていると、窮屈《きゅうくつ》で落ち着かない気分になった。

ずっとこの中にいたら、息が詰まりそうだ。

だが父であるオチルは、すっかりこの生活に慣れてしまったらしい。昨日は会議中も、新しく作った噴水がどうだとか、暖炉がどうとか、庭園を増築したという話をひけらかしていた。彼の腹についた贅肉《ぜいにく》を見ると、さもありなんと思う。

庭をそぞろ歩いている煌《きら》びやかな女たちの姿が目に入った。オチルの妾《めかけ》たちだろう。征服した地から美女を選りすぐって自分のものにしているので、髪の色や目の色も様々だった。どれほど女を囲っていようと、父を批判するつもりはない。征服者とはそういうものだ。むしろ、無理やりに連れてこられたはずの女たちがさしたる抵抗も見せず、諾々とオチルのものになっていく様を見ることのほうが気分が悪かった。

広間に入ると、オチルはまだ姿を見せていなかった。

カガンの座のすぐ左に、シディヴァは腰を下ろす。対《つい》となる右隣の席には、すでに叔父《おじ》タルカンの姿があった。

「バータル殿が、先ほど息を引き取ったそうだ」

タルカンは無念そうな表情を浮かべている。

「……惜しいことです」

「そうだな」

集まっていた部族長たちもその話を聞き及んでいるのか、困惑した様子で互いに何事かを囁き合っていた。だがオチルが部屋に入ってくるとぴたりと口を噤《つぐ》み、静寂《せいじゃく》と緊張が場に満ちた。

「――本日はまず、皆に諮《はか》りたい議がある」

オチルの口調はひどく重々しかった。

「シディヴァ」

名指しされ、シディヴァは「はい」と答えた。

「瑞燕国への遠征の件、準備はどうなっている」

「順調です。この会議が終わり次第、早急に進軍を開始します。冬が来る前には、よい結果をご報告できるかと」

「そうか」

オチルは傍《かたわ》らに置いた剣の鞘《さや》を、こつこつこつと指で叩いた。

「瑞燕国の皇帝には、未来を読み託宣《たくせん》をもたらす神女がついていると聞く。その力は大軍をも蹴散《けち》らしてしまうとか。我らの進軍もその神女に阻《はば》まれるのでは？」

「報告によれば、その神女は現在行方《ゆくえ》不明です。障害にはならぬでしょう」

「ふむ、行方不明か――」

オチルはまた、鞘を叩く。

その動作が妙に癇《かん》に障る、とシディヴァは思った。

彼は、こんな癖《くせ》を持っていただろうか。

「先日の宴で、舞を舞った南人の女がいたな」

「はい」

「瑞燕国の者であると」

「はい」

「聞き捨てにできぬ報告があったのだ。あの女が、瑞燕国の皇帝に仕《つか》えていた神女、柳《りゅう》雪媛である――と」

　ざわり、と議場がどよめく。

「まことか？」

　シディヴァは表情を変えなかった。

「あの者は確かに後宮《こうきゅう》にはいたようですが、ただの宮女です。カガンにその報告をした者は、何か勘違いしているのでは？」

「その柳雪媛の顔を見知っているという者が、証言したのだ。あれは、間違いなく神女と呼ばれた女であると」

「……皇帝の寵姫《ちょうき》を見知っていると放言するとは、大胆な。一体それは何者です？　南人の妃たちは後宮に入れば、一生そこから出られぬ籠《かご》の鳥と聞きます。庶民《しょみん》には顔を見ることすら叶《かな》わぬでしょう」

「問うているのは儂《わし》だぞ、シディヴァ。何故《なにゆえ》、その神女がお前のもとにいることを黙っていた」

「申し上げた通り、私はあの者が後宮の一宮女であったと認識しております。そのようなことを、いちいちカガンにお伝えする必要があるでしょうか？」

「宴で、お前は妙にあの女の庇い立てをしていたな。あれが神女だと知っていたからではないのか」

「カガン、誓って私は嘘は申しておりません」

「では、あの女をここへ連れてまいれ。儂が直々《じきじき》に尋問《じんもん》する」

(顔を知っている者がいるというのは本当か?)

シディヴァはあくまで平静を装《よそお》った。

「いいえ、まずは私が真相を確認いたします。私を謀《たばか》っていたとすれば、許すことはできません」

鞘を叩く音が響く。

「――そなたまことに、瑞燕国を攻めるつもりはあるのか?」

「……? 仰っている意味がわかりません」

「そなたが瑞燕国と手を組み、謀反《むほん》を企《たくら》んでいると訴える者があるのだ」

あちこちで怒号のような声が湧き上がった。

どういうことだ、と部族長たちが騒ぎだす。タルカンが困惑したように、オチルとシディヴァの様子を窺った。

用心深く、シディヴァは言葉を選ぶ。

「……カガンは、そのような讒言《ざんげん》を信じるのですか」

「信じたくはない。だから、あの女を連れてまいれと申しておる。あれが本当に柳雪媛で、お前と密約を交わしているのではないかという、その疑いを晴らしたいのだ」

「そのようなこと、身に覚えがございません」

「ならば、言う通りにせよ」

シディヴァは笑った。

「カガン、まさかあの女にまだ未練がおありなのですか？　妾にしたいからそのような難癖を？　あまりに諦《あきら》めが悪いですぞ。皆の前でそのように猟色にばかりかまけるとは、示しがつきません」

ドン、と音を立てて、カガンが鞘に収まったままの剣を石の床に突き立てた。それは議場の高い天井から床までを行ったり来たりするように長々と反響し、妙に人の神経に障る音をこだまさせた。

オチルの剣幕に、これ以上刺激しないほうがよさそうだ、とシディヴァは口を噤む。

「よろしいでしょうか、カガン？」

これまで黙っていたタルカンが、静かに口を開いた。

「ここはひとまず左賢王に任せてはいかがでしょう。瑞燕国攻めはもともと左賢王に一任したはずです。それにカガン御自《おんみずか》ら、たかが女一人を尋問するというのは……」

「儂は謀反の罪について問い質《ただ》しておるのだ！」

吠《ほ》えるような声には、怒りと疑念が満ちていた。

タルカンは「なるほど、わかりました」と努めて穏やかな口調で、落ち着かせるように言った。

「では左賢王とともに、私もその女の尋問に立ち会いましょう。それでいかがです？　不審な点があれば、すべて私からカガンにご報告します」

オチルはいくらか自制して興奮を抑えるように、ふうと薄く息を吐き出す。

「左賢王が潔白であるならば、カガンとの間に禍根《かこん》を残すべきではないでしょう」

「もちろん、潔白です」

シディヴァは堂々と言い放った。

ざわめく長《おさ》たちに、「静かにせよ！」とオチルが声を上げた。

「……では任せよう、タルカン」

「承知いたしました」

恭《うやうや》しく膝《ひざ》をつく叔父《おじ》を、シディヴァは用心深く見据えた。

謀反の嫌疑を密告したのが、彼の仕業《しわざ》ではないとは限らないのだ。

その日の会議は、緊張した雰囲気を孕《はら》んだまま進んだ。オチルはそれ以降シディヴァを見ようとしなかったし、声もかけなかった。

ようやく会議を終えて議場を出ると、タルカンに声をかけられた。

「シディ。先ほどの件だが――」

「後ほど、叔父上のユルタをお訪ねします。話はその時に」

「どうした、妙に急《せ》いているな」

「ええ、申し訳ありません。失礼します」

狩りでの暗殺未遂に、昨日の毒殺未遂、それに今日は謀反の疑いだ。アルスランに来て以降、シディヴァを狙う者は手を緩めるつもりがないらしい。これ以上、この城にナスリーンを置いておくわけにはいかなかった。

「待て、シディヴァ」

そうオチルに声をかけられて、シディヴァは足を止めた。

「どこへ行く」

「連れが城内におりますので、連れて帰ります」

「――衛兵！」

オチルの下知で、周囲に配置されていた兵が一斉にシディヴァを取り囲み剣を向けた。

「城の中を儂の許可なく勝手にうろうろするな」

鋭利な刃《やいば》に取り巻かれながら、シディヴァはその向こうにある父を見据えた。

「見ての通り丸腰の私を、そのように警戒するとは。カガンは何をそんなに恐れておいでです」

「疑念を抱かれるような真似を重ねる気か。もう行け。真っ直ぐに門を出よ」

「カガン、ひとつだけ教えてください。一体誰が、私が謀反を企んでいるなどと戯言《たわごと》を？」

「信頼できる者だ」

「…………そうですか」

これ以上は、無駄なようだった。

シディヴァは踵《きびす》を返し、城の表門へと向かった。

ここでナスリーンを迎えに行くと言い張れば、彼女もタンギラ王も、同じく謀反の罪を疑われるだろう。

――信頼できる者だ。

「……ちっ」

思わず舌打ちした。

その誰かは信じられても、娘である自分のことは信じられないのだ。

宿営地に戻ってすぐ、シディヴァはユスフとともに雪媛と青嘉《せいか》を連れ出し、日暮れの草原に出た。

この世で最も密談に適した場所は、広い草原の真ん中だ。馬で駆け、見渡す限り誰もいない、そして潜《ひそ》む場所すらない開けた平坦な地へと向かう。

城での顚末を伝えると、青嘉は険しい表情を浮かべた。

「それで、雪媛様への尋問が行われるのですか？　右賢王《うけんおう》同席で」

「形だけでもするしかあるまい。そうでなければ収まらぬ。——しかし柳雪媛、随分と顔が売れているな」

皮肉げに言うと、雪媛は肩を竦《すく》めてみせる。

「民の前に出ることもあった。とはいえ、そう多い機会でもなかったし、私の顔をはっきり記憶できるほど近くにいた者など多くはいないはずだ。……カガンの言うことが本当であれば、皇宮《こうぐう》で私を知る誰かと考えるほうが自然だな。あの混乱の中で、国外へ出た者は私たちだけではないだろう」

「カガンに謀反の疑いを吹き込んだ人物に、心当たりは？」

「俺のことが気に入らない誰かだ。そんなやつは数えきれないほどいる」

「私の顔を知っているなら、私もその相手を知っている可能性が高いんだが……」

　雪媛は考え込んだ。

「青嘉。言っておくけど、二人で逃げようなんて考えるなよ」

　ユスフに釘を刺され、僅かに青嘉の表情が強張《こわば》る。考えていたらしい。

「お前たちが逃げれば、正体を白白するも同然。そうなればシディへの謀反の疑いは真っ黒だ。俺がいの一番にお前たちを探し出して、その首をカガンに献上することになるぞ」

「右賢王は先日の宴といい、随分と助け船を出してくれるな。信用できる人物なのか？」

「叔父上は昔から余計な争い事を好まない。カガンの無茶な沙汰《さた》をよく止めてくれている。

――だが、誰よりカガンに忠実でもある。カガンは、『信頼できる者』が俺の謀反を報告したと言っていた。それは叔父上なのかもしれない。結果的に尋問にも立ち会うことになったのを考えれば、怪しいな」

「ですが、タルカン殿が雪媛様を見知っているとは思えません。その近くにいる誰かが、瑞燕国の人間なのか……」

「その証言者も尋問の場に現れる可能性があるだろう。……俺はこれから叔父上のところへ段取りをつけに行ってくる。正式な尋問は明日の昼からにするつもりだ。雪媛と青嘉は、それが始まる前に叔父上の周辺で見知った者がいないか確認して、俺に報告しろ」

「わかりました」

四人は明日の手はずを話し合い、冷え始めた空気の中を宿営地へと戻っていった。

シディヴァはユスフを連れてタルカンのもとへ向かい、明日は自分の宿営地で尋問を行う、と伝えた。

「わかった。では、明日の昼そちらを訪ねるとしよう」

「ご足労をおかけします。では――」

「ああ、待てシディ」

タルカンは帰ろうとするシディヴァを呼び止める。

「兄上は本気でお前を疑っているわけではないだろう。だが、こうしたことは親子であればこそ、はっきりと白黒つける必要がある。今日の振る舞いは、カガンとしてのお立場故《ゆえ》のことだ。あまり気にするなよ」

「気にはしておりませんが」

「そうか。お前らしいな」

タルカンは苦笑した。

「……叔父上、今日はお妃様とお会いになりましたか?」

「ツェツェグ様？　いや、お会いしていないが」

「そうですか」

「どうしてだ？」

「いえ。あの方がお元気かどうか、と思っただけです」

シディヴァはユスフとともにタルカンのもとを退出し、日暮れの中を帰路についた。その間ずっと、叔父の身体から漂ってきた香の匂いを反芻《はんすう》していた。

思わず顔をしかめる。

あれは、ツェツェグのつけている香だ。

（会ったはずだ。しかも香の匂いが移るほどに近づいて。――だが、嘘をついた）

自身のユルタの前で馬を降りムンバトに任せると、周囲を見回す。

「ナスリーンは戻ったか？」

「あ、それが……」

ムンバトは困惑《こんわく》した様子で言った。

「今夜も城に泊まると、つい先ほど城から使いがありました。……そんなに居心地がいいんですかね、あの城。いくら久しぶりに父親に会ったからって、べったりしすぎじゃないですか？　まったく、あの歳で親離れできてないなんて情けない……」

　ムンバトは唇を尖《とが》らせてぶつぶつと不満を呟いた。

　シディヴァは眉を寄せた。

「ムンバト。昨日、ナスリーンから伝言を預かってきたと言っていたな」

「え？　はい」

「それは、ナスリーンがお前に直接言ったのか？　自分の口で、城に泊まると？」

「いいえ、あいつは風呂に入ってるからって、タンギラ王が伝言を俺に……」

　聞いた途端、シディヴァはぱっと身を翻《ひるがえ》した。

　そのまま、近くにいたユスフの腕を引っ張りその場を離れる。

　ずんずんと進んでいくシディヴァに、ユスフは戸惑ったように声を上げた。

「え、何？　どうしたのさ」

「俺がおかしいと思ったら、正直におかしいと言え」

「何の話？」

　唐突さについていけず、ユスフは目を丸くする。

「ナスリーンが今夜も城へ泊まると言っている。——これを信じがたい、と思う俺はおかしいか？」

　ようやく、ユスフの腕から手を放した。

「あの娘が、やはり城の快適で贅沢《ぜいたく》な暮らしが好きだとか、父親と一緒にいたいと思うとか、ムンバトが聞いたように本心から城へ残ると言っている可能性はある。だが、そんなことがあるのか、と俺は考える。……馬鹿げた俺の思い上がりだというなら、そう言ってくれ」

するとユスフは、一拍置いてから吹き出すように笑った。

「どれだけ俺を嫉妬《しっと》させたら気が済むんだ！」

「おい。真剣に訊《き》いている」

「――俺も、そう思うよ」

笑いを収めて、ユスフが低く声を潜めた。

「城に無理やり留《とど》め置かれてる――そうに決まってるよ。いくら旨い食べ物や居心地のいい部屋につられたとしても、あの娘が二日もシディの顔を見ないなんて耐えられるはずがない」

「……俺がおかしくなっているんじゃなくてよかったよ」

「カガンの命《めい》なのか、それともほかの誰かの意図なのか……。城に忍び込んで、ナスリーンを取り戻してくる？」

「今の状況で俺が城に侵入したことが露見《ろけん》すれば、カガンの疑念を後押しするようなものだ。むしろ、それを狙う誰かが仕組んだのかもしれない。俺がカガンの寝首を掻きに来たのだという、動かぬ謀反の証拠を得るために……」

シディヴァの言動ひとつひとつが、どう謀反の嫌疑に結びつけられるかわからない。

そこへ、一人の兵士が報告にやってきた。

「シディヴァ様。ツェツェグ様より使いの者が参りました」

兵士の後ろには、女が控えている。頭から布を被《かぶ》っており、暗くなり始めた空の下では

よく顔が見えなかった。

「一体、どのような要件だ？」

ユスフが用心深くシディヴァの前に出て、あえて厳《いか》めしく問いかけた。

女は一礼して、懐《ふところ》から書状を取り出す。

「こちらを左賢王様にお渡しするよう、預かってまいりました」

奪うようにユスフが受け取り、内容に目を通す。

女はそれに構わず、「招待状でございます」とシディヴァに告げた。

「明日茶会を開くので、是非ご出席いただきたいとのことでございます」

渋い顔をしたユスフが、読み終わった紙をシディヴァに渡す。

書面に目を落とすと、確かに女の言う通りに書いてある。

しかしそこには、『参加者は女人のみ』『帯剣を禁じ、兵士の立ち入り不可』『正装で参加すべし』と但《ただ》し書きがあった。

「そちらに書かれております通り、各部族のご婦人方との交流を目的とした、お妃様主催の特別な茶会でございます。無粋な武器類は持ち込みができません。また、正装とはもちろん、クルムの女としての……という意味でございます。左賢王様も例外ではございません」

それから、と女は言葉を続けた。

「お妃様は先日の宴をご覧になり、舞を披露《ひろう》した南人に大変興味をお持ちです。余興に舞を所望《しょもう》したいので必ず一緒に連れてくるように、とのことでございます」

「悪いが明日は忙しい。参加は見送らせていただく」

シディヴァは招待状を無造作に握り潰《つぶ》した。そんな茶番に付き合っていられない。

すると女は、「ひとつ言い忘れました」と加えた。

「ナスリーン様は今、お妃様のお部屋においでてございます」

シディヴァもユスフも、静かに鋭い視線を女に向ける。

「お妃様はすっかりナスリーン様をお気に召されたようで、明日の茶会にも同席させる予定です」

南人と思《おぼ》しき、見慣れない女だった。

女は怯《ひる》む様子も見せず、にたりと笑った。

「――では、明日、お待ちしております」

五章

ナスリーンがクルムに嫁《とつ》いで――実際には嫁いだわけではなかったが――最初の頃、シディヴァはほとんど彼女を相手にしなかった。

当時、遠征先であったためクルムの営内にはシディヴァのほかに女はおらず、必然的にナスリーンはシディヴァのユルタで寝起きすることになった。しかしシディヴァは大抵自分のユルタにはいなかったし、ナスリーンのことは基本的にほったらかしの状態が続いた。

夜はナスリーンが寝入ってから戻ってきて眠り、朝はナスリーンが目を覚ますより前に出ていってしまう。

怒っているのだろうか、とナスリーンは思った。

女である彼女に女である自分が献上されたのだ。馬鹿にされたと思ったとしてもおかしくない。

（もし彼女が女性だとお父様が知っていたとして、そうしたら私ではなくダリウスを行かせたかしら？）

弟は未来のタンギラ王である。両親は彼のことを殊《こと》の外《ほか》大切にしていた。行かせなかっただろう、とナスリーンは思った。そしてその考えは恐らく当たっているであろうことも確信があり、虚《むな》しくなった。

（むしろ、怒っているのは私が無理やりここに居座ったからかしら……）

すぐに送り返されそうになったところ、ナスリーンはシディヴァにしがみついて、てこでも動こうとしなかった。シディヴァは渋面《じゅうめん》を作りながらもその強情さに呆《あき》れ、しばらくはここにいてもよいと言ってくれた。

クルムの左賢王《さけんおう》は怖そうではあったけれど、それでも同じ女だからこそ無理を通す勇気も湧いた。相手が男だったら、あんな真似はできなかったと思う。

そんなある日、明け方にふと目が覚めたナスリーンは、そこにシディヴァの姿を見つけて驚いた。

自分が起きたと知れば出ていってしまうかもしれない。ナスリーンは息を潜《ひそ》め、寝ているふりを続けた。気づかれないようにうっすらと目を開けて、彼女の様子を窺《うかが》う。

シディヴァはこちらに背を向け、着替えているようだった。小柄でありながらもしっかりと筋肉のついたしなやかな身体。だからといって決して男性的なわけではない。力強い女神の彫像を見ているような気分だった。

それと同時に、腕にも背中にも、いたるところに傷があるのが見て取れた。戦場で負ったものだろうか。

やがて小さな鏡の前に腰を下ろすと、何かを手に取る。

彼女の眼帯だ。

常にそれに覆《おお》われ隠されている右目を、ナスリーンは見たことがなかった。

今シディヴァは素顔なのだ、と思うと興味をそそられた。薄暗いユルタの中で、炉の光に照らされて鏡に映った彼女の顔が、ぼんやりと視界に入った。

右目にそっと手を当て、シディヴァはしばし、鏡の中を覗《のぞ》き込む。

そして次の瞬間、突如《とつじょ》として左の目を大きく見開いた。

「――――！」

シディヴァは、恐ろしい形相《ぎょうそう》で振り返った。

そのあまりの迫力に、ナスリーンは息を詰め硬直する。

二人は互いに、口を開かなかった。

はっとしたようにシディヴァは片手で右目を覆い、顔を背《そむ》ける。急いで眼帯をつけると、そのままユルタを出ていってしまった。

ひとりになったナスリーンは、しばらく身動きもできず横たわっていた。

身体が小刻みに震えていた。

ふらふらと寝台を降りると、這《は》うようにして鏡の前に腰を下ろした。

鏡の中の自分の肩越しに、寝台が映り込んでいる。シディヴァはこうして、彼女が盗み見ていることに気づいたのだろう。

大きく息をつき、ナスリーンは頭を抱《かか》えた。

（また怒らせてしまった……）

今度こそ無理やりにでも帰されてしまうだろうか。あるいは、どこかに売られてしまうかもしれない。何しろナスリーンは献上されたとはいえ、クルム左賢王の妻でもなんでもないのだから。

自分の右目を閉じ、手のひらで覆ってみる。

母親譲りの青い瞳が、鏡の向こうから見返してきた。

この時、ナスリーンは初めて、シディヴァの心の内に少しだけ触れた気がした。

顔に傷を負って心が傷つかない者などいないのだ。女であればなおさらだった。それがどれほど強大な力を持ち、武勇を誇り、草原に覇を唱える者であったとしても。あんなにも強く、自信に満ち溢《あふ》れているような人であっても。

（でも、シディは誰より綺麗だったわ――）

どうしてそんなことを今、思い出すのだろう。

久しぶりに会った父親に連れられていった先で待っていたのは、シディヴァの継母《ままはは》であるツェツェグだった。

話を聞くだけで、はらわたの煮えくり返る思いがしていた、憎い敵。

彼女はナスリーンを迎えると優しくもてなし、豪勢な食事を振る舞った。だがどれほど親しげにされても、ナスリーンは決して心を許しはしなかった。食事にも酒にも手をつけず、話しかけられても冷たく返した。

そんな娘の様子に、父ははらはらとしているようだった。

そこから先の記憶がない。

身体が動かない。

頭がくらくらする。

ナスリーンは混濁した意識の中で、シディヴァの姿を追った。

扉を叩くと、中から返事があった。

雪媛《せつえん》は身を屈《かが》めながらユルタの中に足を踏み入れる。
と、鏡の前に佇《たたず》む女性の後ろ姿に、思わず目を瞠《みは》った。
振り返ったシディヴァは、青地に黒の縁取《ふちど》りが入った女物の正装に身を包んでいる。
化粧の施《ほどこ》されたその面《おもて》は、草原の女王と呼ぶに相応《ふさわ》しい気高《けだか》さと美しさを内包していた。
眼帯はいつもの武骨な革製ではなく、宝石があしらわれた繊細な造りのものに替わってい
る。青金石や真珠をちりばめた帯状の飾りで額《ひたい》をぐるりと覆い、顔の左右に連ねた真珠が
垂れ下がっているのが目を引いた。先日のナスリーンの出《い》で立ちよりも、少し簡易的な装《よそお》
いらしい。
シディヴァはため息をつく。
「女の正装は余計な飾りが多くて、重くて動きづらい。あの女、それが狙いで指定してき
たんだろう」
雪媛も今日は、シディヴァとよく似たクルムの正装を用意してもらっていた。
馬に乗るためなのだろう、女も長い上衣《うわぎ》の下は褲《こ》を穿《は》いて長靴《ちょうか》姿である。瑞燕国《ずいえんこく》の後宮《こうきゅう》
で女たちが纏《まと》っていた衣服に比べれば格段に動きやすいが、それでもシディヴァにしてみ
ればわずらわしいのだろう。
「武器の持ち込みも禁じて、俺を封じ込めたつもりなんだろうが……まぁ、相手が着飾っ

た女たちだけであれば、いざという時は素手でもどうにかなる」

ぼきり、と拳を鳴らしてみせた。

「その恰好《かっこう》で凄《すご》まれると、なんだか妙な気分だ」

雪媛はくすりと笑う。

「以前ナスリーンが、シディが正装するととても綺麗だと話していたが、本当によく似合ってる。初めて会う女性みたいだ」

「式典や祭りの時には、着ることもある。男物の正装を着ると、俺の場合身幅がないから逆に威厳が出ないからな。まぁ、こういう恰好のお陰で舐《な》められることもあるが。女ならいつもそうして着飾って男の機嫌でも取っていろと言われたのは、一度や二度じゃない」

「言われて、どうしたんだ？」

「俺はどうもしない。ユスフがそいつらをどこかへ連れていった。以来、一度も顔を見ていないな」

想像がつく。

「お前もよく似合っている。尹《いん》族も草原を駆けていた頃は、我らと似たような衣を纏っていたはずだ。花嫁衣装を見るのが楽しみだな」

シディヴァは天井に開いた丸窓を見上げた。

ここから差し込む光の角度で、時間を計れるようになっているのだ。

「そろそろ行こう」

「ああ」

「……幼い頃に、母が教えてくれた。赤ん坊を攫《さら》う悪魔があの天窓から入り込んでくるから、夜は必ず閉めなくてはならないと」

「悪魔？」

雪媛は頭上を見上げた。

「それを聞いた夜は怖かった。――でも、本当の悪魔は窓からなんて入ってこない。笑みを湛《たた》えて招待状を送りつけてくる」

二人が揃《そろ》ってユルタを出ると、待っていたユスフが満足げに笑みを浮かべた。

「俺の妻は草原一美しい」

「俺の夫はふぬけた顔をしている」

「自慢して歩けると思うと嬉しくてね」

茶会に男は立ち入り不可ということだったが、ユスフも青嘉《せいか》も城までは同行すると言って聞かなかった。もちろん何があるかわからない以上、二人には近くで待機してもらうに越したことはない。

「雪媛様、やはり危険では」

青嘉が不安そうに言った。

「シディヴァも一緒だ。なにより、ナスリーンを放っておくわけにはいかない」

雪媛にも不安がないわけではない。それでも、シディヴァにもしものことが起きるかもしれないと思うと、安全な場所で手をこまねいて見ているわけにはいかなかった。

すでに瑞燕国は遠く去った。

ならばここで彼女の死を食い止めることが、自分がこうして過去に蘇《よみがえ》った意義なのかもしれない。

雪媛への尋問《じんもん》は予定を変更し、延期するとタルカンには伝えてある。ツェツェグの招きなので、彼も異議を唱えることはなかった。

心配そうな面持《おもも》ちで、純霞《じゅんか》と永祥《えいしょう》が一行を見送る。

「お気をつけて」

永祥が声をかけた。

その隣で、純霞はひどく落ち込んでいるようだった。

「私、ナスリーンにお父様のところへ行くように勧《すす》めたりして……私のせいだわ。あんなこと言わなければよかった。ナスリーンは気乗りしてなかったのに……」

「ナスリーンが自分で決めたことだ。純霞のせいじゃない」

「でも……」

「心配するな」

思い詰めた様子の純霞に、シディヴァが声をかける。

「連れて帰ってくる。またすぐにやかましくなるだろう」

「シディヴァ様……」

「行くぞ」

ユスフと青嘉のほかにも十名ほどの兵士を引き連れて、シディヴァと雪媛は宿営地を出発した。

いつになく着飾ったシディヴァの姿に、沿道の人々が皆驚いたように嘆息《たんそく》するのが聞こえてくる。「左賢王様は女性だったの？」という意外そうな声さえ耳に届いた。

城へ入ろうとすると、門前の兵士が声を上げて制止した。

「武器を携行した者は、何人《なんぴと》たりとも城へ入れてはならぬと仰《おお》せつかっております。お付きの方々はすべて武器をお預けいただき、控えの間でお待ちください」

「それは、カガンの命《めい》か？」

「左様《さよう》でございます」

シディヴァはため息をつく。

「ユスフと青嘉は控えの間で待て。ほかの者たちは、城の外で待機しろ」

「こちらへどうぞ。お妃様《きさき》がお待ちでございます」

案内の侍女《じじょ》に先導され、雪媛は初めて城の中へと足を踏み入れた。見送る青嘉の視線を受けて、小さく頷《うなず》く。

「持ち物の確認をさせていただきます」

小部屋に通されると、数人の女たちが寄ってきてシディヴァと雪媛の身体中を衣の上から探った。武器を隠し持っていないか確認しているのだろう。

シディヴァは文句も言わずに黙って従った。素手でもどうにかなる、と言っていたが、実際それだけの自信があるのだろう。

「――失礼いたしました。結構でございます」

二人が案内されたのは、床に大理石を敷き詰めた華美な部屋だった。

精巧に織られた真紅《しんく》の絨毯《じゅうたん》の上に、背の高い真鍮《しんちゅう》の燭台《しょくだい》が並んでいる。しかし今は、庭園を見下ろす大きな半円の窓から光が溢れんばかりに差し込んでおり、火を灯《とも》す必要もないほど明るかった。そこここに透き通るような硝子《ガラス》の壺が据えられ、鮮やかな色の花が咲き誇り、目の覚めるような色彩が広がっている。部屋中に漂う芳香は、三つ足の銅香炉から上がる白い煙によるものだろう。

ゆったりと籐《とう》の椅子に掛けたツェツェグが、笑みを湛えて二人を迎え入れる。その傍《そば》には、身を小さくした侍女らしき女が一人。

ほかに、室内に人影はない。

「ようこそ。来てくれて嬉しいわ、シディヴァ」

「……ほかの客は?」

「今日はあなたとゆっくり話がしたいと思っているの。私たちだけでね」

各部族の女を集めた茶会、というのは偽《いつわ》りだったらしい。

自分の優位を信じ切っているのか余裕のある笑みを浮かべたまま、ツェツェグは雪媛に話しかけた。

「そちらの南人《なんじん》は、名前を何と言ったかしら」

「春蘭《しゅんらん》です」

「連れてきてくれたのね。シディヴァはいい子だこと」

シディヴァはひどく不愉快そうに顔をしかめた。

「私の侍女も、南人なのよ。——ねえ、京《きょう》」

そう言って傍《かたわ》らの侍女に微笑みかける。

雪媛はぎくりとした。

（――え？）

それまではツェツェグに注意を向けすぎていて、侍女の顔をはっきりと認識していなかった。しかし彼女が呼んだ名に、思わずはっと視線を向ける。

「瑞燕国の出身なのよ」

ツェツェグに紹介された侍女が、ゆっくりと面を上げる。陰鬱《いんうつ》で恨めしげな眼が雪媛を捉《とら》えた。

「…………！」

「この者を知っているんじゃない、春蘭？　――いいえ、柳《りゅう》雪媛」

シディヴァが雪媛の動揺に気づき、「知り合いか？」と怪訝《けげん》そうに囁《ささや》く。

「お久しぶりですね、柳貴妃《きひ》」

「……京」

かつて飛蓮《ひれん》に恋慕《れんぼ》し、彼の双子の弟が命を落とす原因を作った女。そして、あの唐智鴻《とうちこう》の姉でもある。潼雲《どううん》に命じて、奴隷として西域《せいいき》へ売り飛ばしたはずだった。

「何故《なぜ》、ここに……」

「とても、お会いしたかったですわ」

暗い笑みを浮かべ、京はぎらぎらとした視線を雪媛に向けた。

「突っ立っていないで、どうぞお座りなさいな。京、二人に茶を」

「かしこまりました」

しずしずと茶の用意を始める京を不審そうに眺めながら、シディヴァが雪媛に「どういう関係だ？」と尋《たず》ねた。

「……私に恨みがあるのは確かだ。それと、自分の欲望や利益が第一で、そのために他人を傷つけることをなんとも思わない類《たぐい》の人間」

「つまりカガンにお前の正体を知らせたのは、この女から話を聞いたツェツェグで……これ幸いと、俺の謀反《むほん》という出鱈目《でたらめ》を作り上げて吹き込んだというわけか」

二人が席に着くと京が茶を運んできたが、この女が淹《い》れたものなど飲めるはずもなかった。何が入っているかわかったものではない。

「ナスリーンは？」

シディヴァがツェツェグを睨《にら》みつけた。

「あら怖い。いやねぇ、あなたって子は本当に、義母に対していつも反抗的なんだから。幼い頃はそれでも許してあげたけれど、いい加減大人としてまともな態度が取れないの？」

「ナスリーンは、どこです」

「あの子のこと、そんなに大事なのね」

馬鹿にしたように、そして、してやったりというように嬉しそうに笑う。

「宴《うたげ》の席であなたが妙に庇《かば》い立てするものだから、随分《ずいぶん》と気にかけているのだと思ったけれど」

ツェツェグはくすくすと肩を揺らした。

「本当に言う通りにやってくるとはね。左賢王《さけんおう》ともあろう者がたかが小娘一人に……あなたが男だったらまだわからなくもないけれど、一体あの娘はあなたの何なの？」

シディヴァは答えず、無言で立ち上がった。

「ナスリーンに会えないのなら、帰ります」

ツェツェグはため息をつき、「京」と声をかけた。

京が背後の間仕切りを開くと、奥の小部屋に据えられた長椅子の上に、ナスリーンが青白い顔で横たわっているのが見えた。

その瞼《まぶた》は、固く閉ざされている。

「ちゃんと生きているわ、安心して」

シディヴァはじろりとツェツェグを睨みつけると、つかつかとナスリーンに近づいた。

「ナスリーン」

声をかけるが、返事はない。

「その子を抱えて、このまま帰ろうなんて考えていないでしょうね？　無駄よ。部屋の外には兵をぎっしり配置してあるわ」

「狼の群れすら蹴散らした俺が、その程度のことで怯《ひる》むとでも？」

シディヴァは拳を鳴らした。

「本当、怖いわね。ええ、わかってるわよ。お前の強さは化け物みたいだってことはね」

そう言って皮肉げにツェツェグは笑った。

「化け物は鎖で繋いでおかないとね。——その子には、遅効性の毒を飲ませてあるわ」

雪媛はナスリーンの傍に駆け寄ると膝《ひざ》をつき、急いで脈を取った。

「放っておけば、三日後には死に至る」

感じ取れる脈は、ひどくか細い。

「巫覡《ふげき》に診《み》せても治せないわよ。この毒は西域から伝わってきたもので、特別な解毒薬《げどくやく》が必要なの。つまり今あなたが無理やり連れて帰っても、その子が死ぬだけ」

二人がまったく手をつけなかった茶器を見て、何か思い出したようにツェツェグは笑った。

「その子も、私が出したものは警戒して何も口にしなかったのだけど。さすがに、父親のことは疑わなかったわねぇ」

　雪媛は眉を寄せた。

「父親……？」

「タンギラ王は、ちょっとした眠り薬だと思っていたみたいね。私の姪《めい》をあの男の息子に嫁入りさせるともちかけたら、こちらの言う通りにほいほいと娘を連れてきたわ」

「――胸糞が悪い」

　シディヴァは吐き捨てた。

「目的が俺なら、直接俺を狙えばいい。回りくどい真似をするな。馬に細工したのも、食事に毒を盛ったのもあんただろう」

「あら、違うわ。それは私じゃない。……あなたって本当に運がいいわよねぇ。狩りでの一件も食事の毒のことも、後から話を聞いてがっかりしたわ。犯人は誰だか知らないけれど、その誰かさんにはもっと頑張ってほしかった」

「言い逃れを……」

「本当よ。だって私の目的は、その柳雪媛だもの」

　うっすらとした笑みを浮かべながら、ツェツェグは顎《あご》で雪媛を示した。

「その女を、こちらへ渡しなさい。そうしたら解毒薬をあげる」

雪媛は黙ってツェツェグを見返す。

「カガンはお前の謀反を疑っていらっしゃるわ。その女が本物の柳雪媛なら、どうやら信《しん》憑性《ぴょうせい》が増したわねぇ」

それが狙いか、と雪媛は思った。

ツェツェグは雪媛を使って、自分ではなくカガンの手でシディヴァを仕末させるつもりなのだ。

「言っておくけど、この部屋に解毒薬はないわ。そして薬の在《あ》りかを知っているのは、私だけ」

「なるほど」

シディヴァの口調は落ち着いていたが、普段より数倍低い声音だった。

「じゃあ、今からお前の指の骨を一本ずつ折ってやるから、十本の指が使い物にならなくなる前に薬の在りかを吐くんだな」

「私が呼べばすぐに外の兵士がなだれ込んでくる。その時は真っ先に、その金髪娘を殺せと命じてあるわ。お前がいくら強いといっても、その娘と柳雪媛、二人を連れて逃げられるかしら？　万が一逃げられたとしても、解毒薬がなければ意味がないけれどね」

シディヴァは動きを止めた。

ナスリーンの手を握りしめながら、雪媛は歯噛みした。

（早く薬を飲ませなければ。回復したとしても、薬によっては身体に何らかの障害が残る可能性もある。できるだけ早く――早く――）

青嘉の顔が脳裏をよぎった。

――俺の、妻になっていただけますか。

雪媛は静かに息を吸い込むと、ゆっくりと吐き出す。

目を瞑《つぶ》った。

「――シディヴァ」

雪媛は立ち上がった。

「薬を受け取って、ナスリーンを連れて帰って」

「何を言っている」

「少なくとも私は今のところ元気だ。でも、ナスリーンはそうじゃない」

「城に残れば、お前に待っているのは拷問の末の死だぞ」

「私の望みを、なんでもひとつ聞くという約束だったな」

その言葉に、シディヴァは嫌そうに眉を寄せた。

「お前、まさか……」

競馬の勝者には左賢王の名において望むものをなんでも与える、とシディヴァは言った。

そして、雪媛が勝った。

「ナスリーンを連れて帰ってほしい。——それが望みだ」

ツェツェグに向かって進み出ようとする雪媛の腕を、シディヴァはがしりと摑んだ。

「やめろ」

「約束を違《たが》えるのか。左賢王の名が廃《すた》るぞ」

「死ぬ気か！」

「攻め苛《さいな》まれても、謀反に加担したと偽証するようなことはないと約束する」

シディヴァの手を振り払い、背を向ける。

「……できるだけ早めに迎えに来いと、あいつに伝えてくれるか」

雪媛はツェツェグに向き合った。

「私の身柄を預ける。薬の在りかを」

二人のやりとりを面白そうに見ていたツェツェグは、満足げな勝利の笑みを湛えている。

「いいわ。でも、薬を渡した途端に、シディヴァがあなたを連れて逃げるかもしれない。

京、この女を連れていって。薬の在りかはその後に教えてあげる」

「かしこまりました」

京が扉の向こうに声をかける。武装した兵士が四人、ぞろぞろと入ってきて雪媛を囲んだ。

「それと、カガンにすぐこのことを伝えてちょうだい。この私が、柳雪媛の正体を暴いて捕らえたとね。さぞお喜びになるでしょう！」

ツェツェグはうきうきとした様子だった。

「柳雪媛！」

シディヴァが怒ったような声を上げた。

「俺は、こういうのは大嫌いだ」

「私もだ。――早く、あなたの言う自由な国を見せてくれ」

兵士に両腕を拘束され、外へと連れ出される。

シディヴァの声が響いた。

「左賢王シディヴァは、必ず借りを返すぞ！」

雪媛は何も言わず、そのまま足を踏み出した。

ナスリーンを腕に抱えて、シディヴァは足早に石の回廊を通り抜けていく。足音ばかりが甲高《かんだか》く響いた。

解毒薬は飲ませたものの、いまだに意識はなくぐったりとしている。

「回復には数日かかるはずよ。すぐに連れて帰って寝かせておやりなさいな。——ここで油を売っている場合じゃないわよ」

雪媛を手に入れたツェツェグはそう笑って、今にも殴りかかってきそうなシディヴァを牽制《けんせい》した。すぐにでも首の骨をへし折ってやりたかったが、一度腕に抱いたナスリーンを離せばどうなるかわからなかった。

「——ユスフ！」

控えの間に飛び込むと、じりじりした様子のユスフと青嘉がはっと顔を上げた。

「シディ、よかった！　……ナスリーン？」

「毒が回ってる！　解毒薬は飲ませたが、すぐに戻ってツェレンに診《み》せろ！」

ユスフは青白い顔のナスリーンを見ると緊張した面持《おもも》ちで頷き、彼女の身体を抱えると部屋を出ていった。

「雪媛様は？」

青嘉が声を上げた。

「一緒ではないのですか」

「……ああ」

その一言で、青嘉は何か察したようだった。

部屋を飛び出そうとする青嘉の前に、シディヴァは立ち塞《ふさ》がる。

「どこへ行く気だ」

「あの人を連れて帰ります！」

押しのけていこうとする青嘉の腕を、がしりと摑む。

「勝手な真似は許さない」

青嘉は摑まれた手を振り払おうとしたが、シディヴァは放さなかった。

「今お前がここで暴れて雪媛を奪取しようとすれば、俺の謀反がまことだったと決定付けられることになる」

「ふざけるな！　あなたのために雪媛様に死ねと言うつもりか！」

シディヴァは青嘉が振り上げたもう一方の腕を摑むと、驚く間もない速さでその身を壁に叩きつけた。

「――――っ！」

胸倉を摑み、身動きできないよう身体を押さえつける。

「この城に、この都中に、どれだけの兵がいると思っている。お前ひとりでどうにかなると？」

青嘉の抵抗は激しかったが、それを全力で封じ込める。

互いに武器を持っていないが、シディヴァの力が勝った。そのことに青嘉は驚いているようだった。

「俺を見くびっていたか？　俺はカガンの子だから左賢王の座にあるわけではないぞ。俺が、誰よりも強いからだ」

「くっ……」

「今は引け、青嘉。雪媛はナスリーンのために残った。それでお前を死なせては、俺はあいつに顔向けできない」

青嘉は悔しそうに肩を震わせている。

「帰るぞ。……少なくとも、今アルスランにある俺の手勢では足りない」

その言葉にはっとしたように、青嘉が顔を上げる。

シディヴァは、突き放すように手をほどいた。

「それは――」

「行くぞ」

シディヴァは彼の背を押し、出口へと促《うなが》した。

堪《こら》えるように唇を引き結び、青嘉はそれ以上何も言わなかった。

重い足取りで部屋を出る青嘉の後ろ姿にシディヴァは息をついて、その後に続く。

ふと回廊の向こうに、人影のあることに気づいた。

イマンガリだ。

おろおろとした様子の彼は、シディヴァの姿に気づくと蒼《あお》い顔で駆け寄ってくる。

「あ、あの、左賢王様、娘は――」

シディヴァは無言のまま、つかつかと彼に向かっていった。ぎゅっと拳を握り込む。

その勢いのままに、大きく振り上げた。

叩きつけた自分の拳が、相手の頬にめり込むのがはっきりとわかった。

唐突に殴りつけられたイマンガリは吹き飛ばされるように、石畳の上に音を立てて倒れ込む。

「…………うっ！」

呻《うめ》き声を上げる男を、凍りつきそうな冷えた目で見下ろす。

「――二度と父親を名乗るんじゃねぇ」

凍《い》てつくような暗い声で言い放つ。

転がって悶《もだ》えているイマンガリを残し、シディヴァはその場から立ち去っていった。

瑞燕国の都は、一見してひとまずの平穏を取り戻し始めているように思われた。

ただしそれは、厳しい統制が始まったことが理由として大きい。碧成《へきせい》を都から追い出し皇帝を名乗った環王《かんおう》は、各門の通行を厳しく規制し、また密告を奨励《しょうれい》して碧成派の残党や間諜《かんちょう》を炙《あぶ》り出そうと躍起《やっき》になっている。さらに夜間外出禁止令を出し、日が暮れれば薄暗い街には巡回する兵士たちの姿が妖《あや》しげに蠢《うごめ》くばかりだ。

その様子を憂《うれ》いながら、金孟《きんもう》はひとり、執務室で酒を飲んでいた。

商人である彼にとって、取引相手が誰であろうと構わない。今も変わらず皇宮《こうぐう》との取引は続いており、来《きた》るべき碧成との戦《いくさ》に備えて物資が入り用なため、いたって繁盛《はんじょう》している。いくつかある彼の経営する飲食店も、環王が連れてきた兵士たちがよく利用してくれていた。今、最も羽振りがいいのはこうした環王の配下たちだった。

今日の昼間、一羽の鳩が飛んできた。飛蓮《ひれん》からの文《ふみ》を運んできたのだ。瑯《ろう》は行方《ゆくえ》不明、飛蓮は潼雲《どううん》とともに燦国《さんこく》へ向かうという。

一方、昨日は江良《こうりょう》から、環王からの命で薛雀熙《せつじゃくき》を訪ねるためしばらく都を留守にする、と連絡があった。

雪媛が去って以来、皆がばらばらになっていく。

「一体どうなるのかしらねぇ……」

ふう、と物憂《ものう》げにため息をつく。

雪媛とは長い付き合いになる。初めて出会ったのは彼女が皇帝の寵姫《ちょうき》となる前、ただの異民族の娘であった頃だ。

極上の大口顧客であり、金孟にとっては数少ない友人ともいえる存在だ。無事でいてほしいと願いつつも、青嘉とともに消えたと聞くと、どうしても思うことがある。

「………………羨《うらや》ましい」

雪媛は常にいい男たちを侍《はべ》らせているが、その中でも金孟にとって青嘉は別格だった。初めて雪媛に紹介された時、雷に打たれたような衝撃を受けた。理想が目の前に形を成して現れたと思った。

雪媛はその青嘉と一緒にいるはずなのだ。

皇帝の寵姫の座を捨て、二人で手を取り合って逃げた――のかはわからないが、いずれにしろ羨ましい限りである。

「ふんっ、まったく！　今頃二人きりで何してるんだか……」

「――金孟」

「ぎゃあああああっ！」

突然窓から人影がぬっと現れたので、金孟は野太い悲鳴を上げた。

「あああああっ…………、あ、あら……？」

大きな身体が窓から滑り込んでくる。その姿をはっきりと認識すると、金孟は驚きに目を見開く。

「ろ、瑯ちゃん……？」

雪媛の護衛であった青年である。

「あなた、行方がわからないって……ちょ、えっ、ここ三階……まさか私に愛を囁くために、あの高い壁を乗り越えて……!? や～だぁ～！　素敵～～！」

身をくねらせて悶える金孟に、瑯は表情も変えずに静かに尋ねた。

「金孟、芳明《ほうめい》の消息はまだわからないのか？」

途端に得心《とくしん》し、そしてがっかりした。

「………………………ああ」

芳明のことが気がかりでやってきたということか。瑯が彼女にぞっこんだという話は聞いていた。

「そうね、残念ながら。——座って、瑯ちゃん。お腹空《なかす》いてない？　何か持ってこさせるわ」

　鈴を鳴らして使用人を呼びつけると、食事を用意するように命じる。

「手がかりがないかと思って寄った。一昨日尚宇《しょうう》のところへ行って話を聞いたが、足取りを追っても芳明の痕跡はない。江良も訪ねたが、留守のようだった」

「ええ、江良はしばらく地方に行くことになってね。……ねぇ瑯ちゃん、なんだかすっかり訛《なま》りが抜けたわねぇ」

　瑯はこくりと頷いた。

「潼雲に特訓させられた。芳明にも注意されたし。たまに気を抜くと、まだ出るけど」

「ああん、あの独特の喋《しゃべ》り方好きだったけれど、訛りがないのもまたいいわねぇぇ。ぐっと大人っぽくなった感じよぉ！」

　瑯はわかったようなわかっていないような、それでもまぁいいかという風情《ふぜい》で「そうか」と頷いた。

　山育ちで人とあまり接してこなかった彼は、初めて会った時からどこか超然とした、人ではないもののような雰囲気を纏《まと》っていた。だが戦場を経験したからだろうか、少し引き締まった顔立ちは大人びて、話し方も相まって一人前の男になったような気がする。

「芳明ったら果報者よねぇ。こんな若くていい男を……きぃっ、羨ましい！　あの子ったたら子持ちのくせにっ」

「芳明の子は、どこにいるんだ？」

「雪媛が自分の領地で預かってるわ。芳明は毎月欠かさず息子に手紙を書いてたのよ。うちで預かって、いつも届けてあげていたんだけどね。その手紙が来なくなって、天祐《てんゆう》――息子の名前だけど、天祐も寂《さび》しがっているでしょうねぇ」

「天祐……」

使用人が料理を運んできたのでいそいそと勧めると、瑯は山盛りの串焼きや点心を素直に口に運んだ。口いっぱいに頬張りながら美味《おい》しそうに目を細める様子を、金孟は微笑ましく眺める。みるみるうちに皿は空になっていった。

「足りなかったら言ってねぇ。いくらでも持ってこさせるから！」

「金孟、訊《き》きたいんだが……芳明の子どもの父親は、皇宮にいる人間か？」

「え？」

「以前、ある男を見た。芳明はそいつに会いたくなさそうだった。あれが、父親か？」

（この子、案外鋭いのね）

芳明と唐智鴻の関係を知っている人間は限られる。天祐に知られたくない、という芳明の気持ちを汲《く》んで雪媛は決して外へ漏《も》らさないよう、厳重に口止めをした。だから事情を知っているのは、芳明が毒で死にかけた際に手助けをした者たち——雪媛と江良、尚宇、それに金孟くらいなのだ。

「あの後気になって、その男のことを調べた。唐智鴻、という名だった」

金孟は肩を竦《すく》めた。

そこまでわかっているなら、そして瑯であれば、話しても構わないと雪媛も言うだろう。

「……ええ、そうよ。そいつが父親。でも、唐智鴻は芳明が子どもを産んだことを知らないのよ。そもそも智鴻が芳明に毒を盛って、子どももろとも殺そうとしたんだから」

すると瑯はきょとんとして目を見開いた。

「自分の子を？」

「智鴻はいいところのお嬢様と結婚が決まってたのよ。それで、身籠《みご》もった芳明が邪魔になったのね。雪媛が芳明を助けて、その後は私が匿《かくま》って、子どもを産むまで面倒を見たの。世間的には芳明は死んだってことになってるわ。芳明って名前もその時新しくつけたの。あの子のもともとの名前は、彩虹《さいこう》よ」

「彩虹……」

瑯は馴染《なじ》みのない響きの名を呟《つぶや》き、首を傾《かし》げて、

「芳明のほうが似合ってるな」

とひとりで納得するように頷いた。

「唐智鴻は、今は結婚した奥さんとの間に子どもも二人いるわ。外にも女を何人か作ってて、最近も郊外に家を買ったみたいだって飛蓮が言ってたけど。あ〜やだやだ、どうせ新しい女を住まわせてたんでしょうけど、智鴻は皇帝を追いかけて浙鎮《せっちん》へ行ったし、きっとその女も捨てられたんでしょうねぇ。自分のことしか考えてないろくでもない男なのよ、本当。芳明もねぇ、若気《わかげ》の至りよね、あんな男に引っかかってさ」

「……その家、買ったのはいつ頃だ？」

「え？」

「芳明がいなくなる前？　後？」

「さぁ、そこまでは。飛蓮もあのごたごたで、智鴻についての調査は有耶無耶《うやむや》になってしまったみたいだし……」

「場所は？」

「場所って……知ってどうするの」

「関係のありそうなところは、全部探す。なんでもいい、他に何か知っていることがあれば教えてほしい」

金孟は頰に手を当て、小首を傾げる。

「瑯ちゃんって、芳明のどこがそんなにいいの？　ああ、いえ、あの子美人だし、男が群がるのはわかるんだけど……」

するとら瑯は不思議そうな表情を浮かべた。

「どこ……。どこ……？」

首を捻《ひね》っている。

「あー、一目ぼれってやつね。野暮《やぼ》なこと訊いちゃった！　それはまぁ、言語にするのは難しいわよねぇ」

すると瑯はうーん、と考え込んだ。

「……初めて会った時、強くて綺麗な鹿が飛び出してきたと思ったんだ」

金孟はまん丸い目をぱちくりとさせた。

「鹿？」

「森の中で見たどんな鹿より、綺麗だった。俺は狩人《かりうど》だから、生業《なりわい》として獣を狩る。不必要な狩りはしない。自分が食べるため、毛皮を取るため、売り物にするため、考えて選ぶ。強くて綺麗な鹿は絶好の獲物だ。でもあの鹿は、ただ自分のものにしたいと初めて思った」

金孟は唸《うな》った。どうやらそれが、彼なりの愛の表現らしい。

（鹿みたいに綺麗……と言われてあの子喜ぶかしらね）

「ねぇ卿ちゃん、じゃあ私は？　私に初めて会った時、どう思った？」

「福々しい狸《たぬき》が出たと思った」

「卿ちゃんの正直なところ好きだけど、素敵な嘘をつける大人になってね」

金盂は芳明を探す上で知り得た情報を、すべて卿に伝えてやった。

出された食事をすべて平らげると、泊まっていけという金盂の誘いを断って、卿はすぐに出ていこうとする。

「夜間は外出禁止令が出ているのよ。ここまで来るのだって危険だったんじゃないの？　泊まっていきなさい」

「平気だ。獣と比べて、人に気づかれないようにするのは簡単だから」

そう言って、入ってきた窓から身を乗り出す。

思い出したように振り返って、にこっと笑った。

「ごはん、ありがとう」

それだけ言って、さっと闇の中に消えていく。

普段あまり表情豊かではない男が突然繰り出してきた笑顔は、心臓に悪かった。金盂は胸を押さえ、しばらくその場から動けなくなった。

「……本当、羨ましいわぁ」

卿の消えていった闇の向こうを見つめながら、ため息をつく。

「羨ましいって思い切り当てこすってやりたいから、生きていてよね、芳明」

六章

　芳明《ほうめい》が縫った肌着と上衣《うわぎ》を渡すと、瑯《ろう》は意外そうに目をぱちくりとさせた。やがて子どものように屈託のない笑顔をぱっと浮かべると、それらを広げて矯《た》め眇《すが》めつ見つめる。

「きちんと仕立てたから丈夫よ。まぁ、戦場なんて汚れたり破れたりが当たり前でしょうし、すぐにぼろぼろになってしまうだろうけど、とりあえず持っていって。別に、特別な意味はないから。初めての戦《いくさ》だし、こういうことに気のつく人もいないと思って……」

「これ――」

　瑯が何かに気づいたように、衣《ころも》の内側を覗《のぞ》き込んだ。そこには、小さく『瑯』と糸で縫い取られている。

「俺の名前?」

　息子の天祐《てんゆう》の衣を誂《あつら》えてやる時には、村に預けている間に洗濯した際、他の子のものと混ざってしまわないよう毎回名前を縫いつけていた。その癖《くせ》でつい同じようにやってしまったのだ。

「それは、その……誰のものかわかって、いいでしょ」

さすがにこれは子ども扱いに過ぎたか、と芳明は視線を彷徨《さまよ》わせた。しかし瑯は嬉しそうに笑みを浮かべると、飛びつくように芳明を抱きしめた。

「ちょ、ちょっと！」

「芳明が、俺のために命を削ってくれたんだなぁ」

「――え？　い、命？」

大仰《おおぎょう》な言い方に驚く。

「布を選んで、裁断して、針を動かして、全部俺のために時間を使ってくれた。それは芳明の命の一部だ。だから、絶対に無駄にしない。ありがとう」

思いがけない言葉だった。

芳明は抵抗をやめて、力強い腕の中におずおずと身を預けた。

（これは別に……戦場へ行く人へのちょっとした餞別《せんべつ》なだけで、深い意味なんてないわよ）

そう自分に言い聞かせる。

もう二度と男は信用しないと決めたのだ。瑯は山育ちで女に慣れてないから、芳明への感情など一時的なことに過ぎないだろう。そのうち、もっと若くて可愛い女の子に出会えば気持ちは変わる。そんな日が、いつかきっと来る。

ここでうっかり気を許してしまえば、また絶望を味わうことになる。

「……行きたくないのう」

訛《なま》り口調でぼそっと卿が呟《つぶや》いた。

最近は芳明の前では言葉遣《づか》いに気をつけているようだったが、つい出てしまった、という様子だった。

「行ったらしばらく、芳明と会えなくなる」

しゅんと萎《しお》れた様子が、耳を垂れてしょげている犬のように見えた。

ぺしりと卿の額《ひたい》をはたいてやる。

「言っておきますけど、私はお子様に興味はないの！　一人前の男になりたかったら、戦で手柄《てがら》のひとつでも立てていらっしゃい！」

「一人前になったら、興味があるがか？」

卿は叩かれた額を摩《さす》りながら尋《たず》ねた。

言葉尻を取られてしまった。芳明は視線を逸《そ》らす。

「…………そうかもね」

ぱあっと表情を明るくして、卿は頷《うなず》いた。

「なら、手柄を立ててくる」

素直過ぎて、少しいたたまれない。

「頑張るのは結構。あんたが手柄を立てれば、雪媛《せつえん》様だって喜ばれるし。……でも、張り切りすぎも禁物よ。初陣《ういじん》なんだから、ちゃんと青嘉《せいか》殿の言うことに従うのよ」

「わかった」

こくりと頷く。

「……それと、無事に帰ってきなさいよね」

思わず呟いた。

「手柄より、そっちのほうが重要よ」

瑯は俯《うつむ》けた芳明の顔を、ぐいっと覗き込む。

「手柄を立てて無事に戻ったら、芳明の子どもに会わせてくれるか？」

「え……？」

「芳明はその子が大事なんだろう。だから、俺も大事にしたい」

そう言って瑯は芳明が渡した衣を大事そうに抱《かか》えると、嬉しそうに手を振って兵舎へと戻っていった。

正直なところ芳明はそれまで、雪媛が何故《なぜ》瑯を傍《そば》に置いているのかわからなかった。経《い》き緈《さつ》を聞いた時は、瑯の大切な狼を死なせてしまったその罪滅ぼしかと思っていたが、それなら秋海《しゅうかい》のもとへ預けたままでもよかっただろう。

ただ、今はなんとなく、雪媛の気持ちがわかる気がした。

瑯は、穢《けが》れがなく真《ま》っ直《す》ぐで眩《まぶ》しいのだ。

傍にいてくれたら、自分も彼のようになれるかもしれないと——もし自分が迷って闇の淵《ふち》に立ったとしても、光で照らしてくれるのではないかと、そんな気がするのだった。


（もう、随分《ずいぶん》昔のことみたい……）


針を動かしながら、瑯に最後に会った日のことを思い出す。あの屈託のない笑顔や、飄々《ひょうひょう》とした仕草、それに自分を見つめる曇りのない切れ長の瞳。

芳明はふうと息をついて、灯《あか》りの下で縫い物をする手を止めた。

戦場で、怪我《けが》をしていないだろうか。無事に帰ってくるようにと言ったけれど、その芳明はもう都にはいない。

今自分が置かれている状況は、あの頃と様変わりしてしまった。

都で政変が起きたと聞いたのは、碧成《へきせい》がすでに都を出て、浙鎮《せっちん》に拠点《きょてん》を置くと決めた後のことだった。

智鴻《ちこう》の指示で、芳明は浙鎮にほど近い家に密《ひそ》かに身を移された。身の回りのことは相変わらず婷《てい》が取り仕切っており、新しく用意された家には見張りの男たちも継続して配置され、自由な行動は制限されている。

あの小さな家を出る時、これは逃げ出す最大の好機ではないかと思った。傷もほぼ癒《い》え、隙《すき》をつけば見張りの目を欺《あざむ》くことができるかもしれない。

だが結局、芳明は実行に移さなかった。

躊躇《ためら》いがあった。

――私はお前が突然死んだと聞かされて、本当に驚いて……！

――私はあの時、子が出来たと知って――嬉しかったんだ！　父を説得してお前と一緒になるつもりだった！

その言葉を裏付けるように、智鴻は度々《たびたび》芳明に会いにやってきた。

思い返せば子が出来たと伝えた時、彼は確かに驚いてはいたが、嬉しいと笑っていた。父親を説得するからそれまで待ってほしいと、真剣な面持《おもも》ちで語った。悪阻《つわり》のひどかった彼女を労《いた》わって、よく背中を摩ってくれた。

いまや都を追われた碧成に仕《つか》える智鴻は、相当に多忙なようだった。それでも合間を縫って、頻繁《ひんぱん》に顔を出す。

まるで、出会った頃に戻ったような気がしていた。

智鴻と出会った頃の自分は、いつだって彼が来るのを待ちわびていた。彼の顔を見ると心が浮き立ち、手が触れれば胸が躍《おど》り、肌を合わせれば幸せに満たされていた。

なんて簡単な女だったろう、と後から考えれば自分に呆《あき》れた。

だが、心というのは年月を経《へ》て歳を重ねてもいつだってすぐに跳ねたり躍《おど》ったりするらしい。瑯に抱きしめられた時、そう思ったのだ。

そして今は、心のうちで智鴻の訪れを待っていることを否定できないでいる。

あれほど恨んで、憎んだはずなのに。

（……天祐）

息子は死んだ、と智鴻には伝えた。

しかし今は迷っていた。本当は生きていると話すべきだろうか。

混乱する国内で、天祐がどうしているのか気がかりだった。無事でいるだろうか。もし智鴻に話せば、天祐を保護して連れてきてくれるかもしれない。天祐を、父親に会わせてやるべきなのではないか。父親は死んだと伝えてあるが、このまま息子から父親を取り上げてしまうことになっていいのか。

「——旦那様、いらっしゃいませ」

婷の声が聞こえた。

姿を見せた智鴻は、芳明に優しく微笑みかけた。

「彩虹《さいこう》」

智鴻は相変わらず、芳明を昔の名で呼ぶ。

直そうにもどうしても癖でつい、と困ったように苦笑するので、もうそれでいいと芳明が言ったのだ。

「体調はどうだ」

「もう平気よ」

「——ああ、やっぱりここに忘れていたのか」

芳明が手にしている羽織に気づいて、智鴻が声を上げた。先日彼がここへ来た際に、置いていったものだ。

「少しほつれていたから、直していたの。もう終わるわ」

糸を止め、鋏《はさみ》でぱちりと切る。

ふと視線を上げると、こちらをじっと見つめる智鴻と目が合った。

「……何？」

「いや、お前が私の衣を繕《つくろ》ってくれていると思うと……感慨《かんがい》深い」

はにかむように笑う。

「あの時すべてがうまくいけば、もしかしたらこれが日常になっていたのかもしれないんだな」

その笑顔が懐《なつ》かしかった。昔の彼は自分にあまり自信がなく、いつも遠慮するような笑みを浮かべていた。家柄を誇って居丈高《いたけだか》な男たちとは違い、そんな様が好ましかったのだ。

「なぁ彩虹、外へ出たくはないか」

「え？」

「前の家でも、ここでも、ずっと家にいては退屈だろう」

これまで家を出ることを許さなかったのは、智鴻本人だ。怪我を負った身体をまずは回復させるように、そして何より、罪人となった雪媛の侍女《じじょ》であった芳明を守るためだ、と彼は言い含めた。反雪媛派に見つかれば何をされるかわからない、と。

「実は、いい話があるんだ。——雨菲《うひ》様に仕えてみないか？」

「雨菲様？」

「蘇高易《そこうえき》様の娘である雨菲様が、侍女をお探しなのだ。雨菲様は今、陛下のご寵愛《ちょうあい》を最も受けていらっしゃる。それ故《ゆえ》にご苦労も多く、有能な侍女を求めていらっしゃるんだ。それで、私に心当たりはないかと蘇大人直々《たいじんじきじき》に相談があった」

「……雪媛様の行方は、まだわからないの？」

流刑《るけい》になった雪媛がその後、一時的に都に戻っていたこと、そしてあの政変の折に行方不明になったということは智鴻によって知らされていた。

「ああ。陛下が今も捜索を命じてはいるが」

「……私は柳雪媛の侍女よ。ほかの誰にも仕えるつもりはないわ」

「だが、彼女が戻ってくるとは限らない。それに戻ったとしても、陛下がその裏切りをお許しになるかどうか」

両肩に優しく手を置き、智鴻は諭《さと》すように語りかける。

「お前のために言っているんだぞ、彩虹。柳雪媛はお前を見捨てて自分だけ逃げたんだ。そんな主《あるじ》を待ってどうする」

芳明は首を横に振った。

「雪媛様は私のために罪を被《かぶ》ったのよ。私を守るために」

「まだ信じているのか、柳雪媛を」

「当然でしょう！」

「……でも私のことは、信じてくれなかったんだな」

「それは……」

「私がお前に毒を盛ったと、そう言ったのは柳《りゅう》雪媛なのだろう？　お前が私を恨むように仕向けたんだ」

「違う、雪媛様はそんな――」

「お前が拷問を受けて大怪我を負ったのも、全部柳雪媛のせいだろう？　あの時のお前の蒼白《そうはく》な顔を忘れられない。あんな目に遭《あ》わせるなんて……」

　智鴻は重く息をつく。

「お前がずっと信じていた主だ。すぐに気持ちが切り替えられなくて当然だろう。だが、とにかく一度雨菲様に会ってみてくれないか？　独賢妃《どくけんひ》から随分とひどい嫌がらせを受けているようなんだ。力になってあげられる人間が必要だ」

「それなら、なおさら無理よ。独賢妃が私の顔を見たらなんと言うか。私が胎《はら》の子を流す薬を盛ったのだと彼女は思っているに違いないわ」

「その件については陛下が不問に付《ふ》すよう申しつけている。大丈夫、困ったら私がいつでも助けになる」

「………」

「雨菲様の発言力は増す一方だ。いつか柳雪媛が見つかった時、雨菲様の口添えがあれば、陛下もお考えを変えるかもしれない。雨菲様に仕えておいて損はないはずだ」

芳明は黙り込んだ。

「考えてみてくれ。返事はすぐでなくてもいいから」

「…………」

「そろそろ行かないと。また来るよ」

「待って」

部屋を出ようとする智鴻を呼び止め、縫い終わった羽織を差し出す。

「これを……」

すると智鴻は嬉しそうに受け取り、そのまま芳明を優しく抱きしめた。

「ここにお前をひとりで置いておくことが心配なんだ、彩虹。今はまだ情勢が不安定だし、何があるかわからない。雨菲様の傍であれば、警備も行き届いているし安心だ。それに、私もすぐ近くにいることができる」

大きな手が優しく髪を撫でた。

「あの時はお前を守ってやれなかった。だから今、できるだけのことをしてやりたいんだ」

身を離し優しく微笑むと、「また来る」と告げて智鴻は去っていった。

芳明は再び、ひとりになった。

彼には家族がいる。妻と子どもも浙鎮に連れてきているはずだ。

その足で、今から家族のもとに帰っていくのだろう。その手で、子どもたちを抱き上げるのだろうか。いつも、智鴻がここを出ていく度そんな想像をしてしまう。

そしてまた、瑯のことを考えた。

——芳明の子どもに会わせてくれるか？

——芳明はその子が大事なんだろう。だから、俺も大事にしたい。

そう言われた時、想像したのはあの力強い腕に抱えられて笑う天祐と、そして一緒になって笑う自分の姿だった。

今、どこでどうしているだろう。戦場からは戻ったのだろうか。雪媛がいなくなった今、行き場はあるのか。

（出仕すれば、ここにいるよりも情報を手に入れやすくなる……）

瑯だけではない。江良《こうりよう》や尚宇《しようう》、潼雲《どううん》に飛蓮《ひれん》など、連絡を取りたい相手はたくさんいる。

今のままでは身動きがとれない。だが、雨菲の侍女となれば状況は変わる。

そして何より、密《ひそ》かに天祐に文《ふみ》を出すこともできるかもしれなかった。

雪媛以外の誰かに仕えるなど、考えたこともなかった。そもそも後宮《こうきゆう》へ入ったのは、雪媛のためだ。

（雪媛様……きっとどこかで、無事でいらっしゃるはずよ）

いつか彼女が戻った時、自分は何ができるだろうか。

少なくとも、ここに閉じこめられているだけでは何もできないのだった。


雨菲に仕えてもいい、と芳明が告げると、智鴻は喜んですぐに顔合わせできるように取り計らった。

数カ月ぶりに外へと踏み出すと、自分の足が思いのほか萎《な》えていることに気がついた。わずかな距離を歩いただけで、すぐに息も上がってしまう。これで侍女としての仕事に耐えられるだろうか。

馬車に揺られて碧成が住まう宮殿へと向かう途中、窓から見た景色には戦帰りと思われる兵士の姿が目についた。

（鄖も、もしかしたら浙鎮に来ているのかしら……）

案内された碧成の仮住まいは、当然皇宮《こうぐう》よりは小規模だった。その北側の一角が女たちの居住空間となっているらしい。

かつての後宮ほど格式ばった様子はなく、どこか落ち着かない、いかにも臨時に置かれた場所という雰囲気が漂っている。

初めて会う雨菲は、芳明を見ると笑みを浮かべ、立ち上がって親しげに彼女の手を取った。

「来てくれて嬉しいわ、芳明。雪媛様の右腕であったあなたが傍にいてくれたら、心強いこと」

「……お力になれるよう、努めます」

雨菲に直接会うのはこれが初めてだ。環王《かんおう》との仲を取り持った尚宇から聞いていた話では、恋に夢中な世間知らずの令嬢、ということだったが、目の前にしてみると随分印象が違う。

（環王と相思相愛ではなかったの？　どうして都に残らなかったのかしら……）

「雨菲様、陛下がお見えでございます」

扉の向こうから、侍女の声がする。

「お通しして」

芳明は静かに部屋の隅へと移動した。

扉が開くと、茫洋《ぼうよう》とした様子の碧成が姿を見せた。

顔色は悪く、目は虚《うつ》ろだ。その後ろには智鴻が付き従っている。

「雨菲よ……しばし、ここで休む」

「陛下、どうぞこちらへ。――下がっていいわ、芳明。明日からお願いね」

「はい。失礼いたします」

するとと碧成が首をもたげるように、芳明に目を向けた。今ようやく彼女の存在に気がついたようだった。

ぼんやりした表情だった碧成は、みるみるうちに顔を強張《こわば》らせ、目を見開いて声を上擦《うわず》らせた。

「芳明……！」

芳明は膝《ひざ》をつき、頭《こうべ》を垂れた。

「陛下、ご無沙汰《ぶさた》しております」

「芳明……芳明か！」

喘《あえ》ぐように叫ぶと、勢いよく駆け寄ってがしりと芳明の肩を掴んだ。

「雪媛は……雪媛はどこだ！　雪媛も一緒だろう⁉」

身体を前後に強く揺さぶられる。

「どこにいる……雪媛！　雪媛！」

「へ、陛下、おやめくださ――」

碧成は血走った目を見開き、雪媛の名を叫び続ける。その惑乱したような姿に、芳明は驚愕《きょうがく》して息を呑んだ。

「陛下、陛下！　雪媛様はおりません！　その者をお放しください！」

智鴻が碧成を抱えて引き離す。

「何故《なぜ》だ、雪媛は何故いない！　どこに隠したのだ！　どこに――」

「陛下！」

雨菲が労わるように碧成に寄り添った。

「陛下、さぁこちらへ。誰か、酒をお持ちして」

「どこなのだ、雪媛――雪媛――」

喚《わめ》きながら、雨菲に縋《すが》るようにして泣き崩れる。雨菲は心得たように彼を抱きとめ、芳明や智鴻には下がるようにと命じた。

何が起きたのかわからず呆然としながら、芳明は智鴻に連れられて退出した。

無言で回廊を進みながら、今の出来事を反芻《はんすう》する。

「……陛下は、一体どうなさったの」

「都を出て以来あの調子なのだ。――このことは他言無用だぞ」

芳明は頷いたが、不安が心にきざした。

それに、いつも碧成の傍にいるはずの冠希《かんき》の姿がなかった。都が攻められた時に、何かあったのだろうか。

突然、女の悲鳴が聞こえた。

びくりとして振り返ると、芙蓉《ふよう》が引きつった顔を蒼白にして立ち尽くしている。

「お、お前……お前は……！」

「賢妃様……」

まずい、と思った。最も顔を合わせたくない相手に早速出くわしてしまった。

恐ろしい形相でつかつかと近づいてきた芙蓉は、おもむろに手を振り上げる。

殴《なぐ》られる、と思わず身構えた。彼女は子どもを失い、そしてそれが芳明のせいだと思っている。当然の反応だった。

しかしその瞬間、彼女の細い手を智鴻が摑んだ。

「おやめください、賢妃様！」

「放してっ！　この女が……この女が私の子を殺したのよっ！」

「おい、誰か！　賢妃様を部屋へ！」

「許さない！　許さないわ、この人殺し！　必ず、必ずこの世の地獄を見せてやる！」

宮女たちが興奮する芙蓉をなだめながら、引き摺《ず》るようにして連れていく。芙蓉はその間も、ぎらぎらとした目で芳明を睨《にら》み続けていた。芳明は息を呑んで見守るしかない。

ようやく彼女の姿が見えなくなると、静かに息をついた。

「……やっぱり、恨まれているわね」

「気にするな、彩虹。お前に罪はないんだ。お前は、柳雪媛の指示に従っただけだろう?」

芳明は目を見開いた。

「……私が、本当に彼女を流産させたと思っているの?」

「私には本当のことを話してくれていいんだ。お前は、悪くないんだから」

優しく労わるように、智鴻は芳明の肩に手を置いた。

「罪を不問に付してくださった陛下に御恩をお返しするためにも、雨菲様に献身的にお仕えするんだ。いいな?」

芳明はしばし黙り込んだ。

「……ねぇ、珠麗《しゅれい》様は今どうしているの?」

「珠麗?」

「賢妃様の傍にはいないようだったけど」

「ああ……賢妃様が流産した後、後宮を辞して王家《おう》に戻った。今も都にいる。一緒に来るようにと言ったんだが、聞かなくて」

「……そう」

芳明の考えが正しければ、状況からして珠麗こそが芙蓉を流産させた張本人である。一体何故あんなことをしたのか、芳明は問い質《ただ》したかった。

智鴻の横顔を窺《うかが》う。

従姉妹《いとこ》である彼女を芙蓉の侍女に斡旋《あっせん》したのは彼だ。彼の指示なら、芙蓉も断れなかったかもしれない。

だがいくら考えても、智鴻がそんなことをする理由などないはずだ。

「大丈夫か？　怖かっただろう」

智鴻の手が、頰を優しく撫でた。

「今後も何かあれば、すぐに呼びなさい。お前のためなら、いつでも駆けつけるから」

「……ええ、ありがとう」

「心配するな。いまや独賢妃は完全に落ち目だ。これからは、雨菲様の時代だよ」

雨菲のもとで侍女として仕えるようになってから、ようやく自分が去ってからの皇宮や都の様子がわかってきた。

雪媛に仕えていた宮女たちは後宮を出され、今は誰も残っていないこと。碧成がひどく精神的に不安定であること。戦に出ていた軍が戻ってきたこと。

ならば瑯もいるはずだ、と兵舎を訪ねたが、わかったのは彼が行方知れずであり、一緒に戻った潼雲は飛蓮と一緒に燦国《さんこく》へ旅立ったということだった。

雪媛と関わりのあった者は、ことごとく姿を消してしまっている。

芳明は、周りの宮女たちが皆、少し自分を遠巻きにしていることに気づいていた。彼女たちもまた、芳明が芙蓉に紅花《べにばな》を飲ませて流産させたと思っているのだろう。

(智鴻様も……)

その事実は棘《とげ》のように胸に刺さったまま、気持ちをざわめかせた。

「雨菲様は、私が怖くはございませんか?」

就寝前、芳明が髪を梳《す》きながら尋ねると、雨菲は不思議そうな顔をした。

「どうして?」

「皆、私が賢妃様を流産させたと思っていますから」

「ああ……」

ふふ、と雨菲は笑った。

「頼もしいわね」

「え？」

「主のためにあなたが見せた忠誠心は、素晴らしいものだわ。そんな侍女が私の傍にいてくれるんだもの。心強いことね」

どうやらこの少女は、なかなかの曲者《くせもの》らしい。

（でも、私が犯人だと思っていることに変わりはない）

「――失礼します」

雨菲の部屋を退出し、暗い回廊を進んでいく。

（江良殿と尚宇はここにはいない。都に残ったのかしら。金孟《きんもう》と連絡が取れれば……）

突然、腕を掴まれた。

「――っ！」

「黙って。こっちへ」

密《ひそ》やかに囁《ささや》く声には、覚えがあった。

倉が立ち並ぶ人気《ひとけ》のない小道に引っ張りこまれる。周囲を用心深く確認し、ようやくその人物は立ち止まった。

「どうして戻ってきたの、芳明」

「鷗頌《おうしょう》……！」

雪媛が後宮にいた頃、尚宮局《しょうぐうきょく》に属していた女官だった。

この鷗頌と雪媛は、表立っては交流を持っていなかった。あえて関係を周囲に隠していたのであり、実際のところ鷗頌は、最も古参といえる雪媛の配下だった。

もとは先帝の時代、雪媛が初めて後宮入りした際に仕えた侍女だ。ところが雪媛はその後、死を偽《いつわ》って後宮を出奔《しゅっぽん》したため鷗頌は主を失い、さらには自殺という罪を犯した雪媛に連座して、彼女自身も咎《とが》めを受けた。それからはずっと閑職《かんしょく》へと追いやられ、苦汁《くじゅう》を嘗《な》めたという。

やがて後宮へ戻り寵姫《ちょうき》に昇りつめた雪媛が、彼女の窮状《きゅうじょう》に手を差し伸べた。ただし、自分のもとに召し上げることはしなかった。雪媛が裏で手を回し、鷗頌は尚宮局に入ることになり、それきり雪媛との関わりは表向き途絶えた。やがて後宮内でも、彼女がかつて雪媛に仕えていた事実を知る者は、ほとんどいなくなった。

実際には、鷗頌は雪媛の命《めい》を受け、人知れず後宮内で動き続けていたのだ。

雪媛のために情報を流し、細工をし、暗躍する立場になった。芳明は人目につかぬように、密かに彼女と連絡を取り合っていた。

鷗頌は雪媛に仕えているとはいえ、彼女に心酔《しんすい》しているわけでも、感謝しているわけでもなかった。恨んでいる、といつも口にしていた。雪媛のせいで自分はひどい目に遭《あ》ったのだ、と。だからその代償に、雪媛が自分に報《むく》いるのは当然だと言って憚《はばか》らない。

　雪媛は彼女に多額の金を渡したし、高い役職につけるように取り計い、家族のことまで面倒を見ていた。その対価として自分は務めを果たす、これは取引だ、と語った。

　そう言いながらも彼女の働きぶりは大層忠実《まめ》やかで、雪媛の信頼も厚かった。

　久しぶりに見る顔に、芳明はひどく安堵《あんど》した。

「無事でよかった。あなた都に残らなかったの？」

「情報を得るためにも、分散したほうがいいという判断だったの。あちらには、江良殿や尚宇殿がいるわ」

「じゃあ、二人は無事なのね？　ねぇ鷗頌、雪媛様に一体何があったの？　何か知っていることはある？　今、どこにいらっしゃるのか……」

　鷗頌は奇妙な表情を浮かべた。

「やっぱりあなたは、雪媛様の居場所は知らないのね」

「え……？」

「私も雪媛様が今、どこにいるのかはわからない。でも芳明、あなた自分の立場がわかっているの？」

「どういう意味？」

「あなたがここへ現れてから、あちこちで噂が流れているのよ」

「噂？」

「『柳雪媛の腹心《ふくしん》の侍女であった芳明は、主の命を受けて真の皇帝の傍近くに仕えている。柳雪媛も近々皇帝のもとへ現れ、彼を助けるだろう』――そういう噂よ」

芳明は瞠目《どうもく》した。

「何ですって？」

「出入りの商人に聞いたの。あなたが雨菲様に仕え始めたことが、もう浙鎮の外にまで知られているわ。おかしいわよ、早すぎる。それに、あなたが雪媛様の命で陛下の傍にいるだなんて……誰かが意図的に噂を流しているんだわ」

「誰か、って……」

「雪媛様を見つけたい誰かよ。もし雪媛様がこんな噂を聞けば、黙っているはずがないもの。あなたを助けるために、罪を被《かぶ》った人なのよ。あなたが囚《とら》われているんじゃないかと、ここへやってくるかもしれない。噂を流した人間は、そうして雪媛様が姿を現すのを待っているのよ」

鷗頌の話が真実であれば、雪媛を捕らえるための罠《わな》がしかけられているはずだ。万が一、噂を聞いてやってきた雪媛が、囚われるようなことになれば――。

芳明はぞっとした。

「一体、誰がそんなことを……」

「陛下は、雪媛様を血眼《ちまなこ》になって探しているわ」

先日の碧成の様子を思い出す。

「じゃあ、陛下が？　一体、陛下はどうしてしまったの？　様子がおかしかったわ。それに、冠希はどこ？　姿を見ないし……」

すると鷗頌は、僅《わず》かに言葉を詰まらせた。

「……冠希は、死んだわ」

「！　そんな――」

「殺されたのよ。……陛下にね」

その言葉に、最悪の事態が脳裏をよぎった。

「まさか、すべて露見《ろけん》したの？」

こくりと鷗頌は頷いた。

「ああ……」

頭を抱え、芳明は呻《うめ》いた。

「芳明、あなたが雨菲様に仕えるようになったのは、唐智鴻の推挙だという話は本当？」

「え？　ええ……そうだけど」

「あなたが行方不明になって、江良殿たちはずっと探していたのよ。今までどうしていたのよ。もしかして、唐智鴻と一緒だったの？」

「……そうよ。彼が、私を助けてくれたの」

鷗頌は呆《あき》れたようにため息をつく。

「唐智鴻は蘇高易の後ろ盾《だて》を得て、今や陛下の側近中の側近といえる人物よ。陛下は何かというと、あの男を呼びつけてる」

芳明はぎくりとした。

「まさか……」

「この噂の出所は、唐智鴻かもしれない。──あなた、雪媛様をおびき寄せるための餌《えさ》にされているのよ」


秋も終わりに近づいていた。小さな中庭に植えられた木々は赤く染まった葉を地面に落とし、歩くと、かさこそと音がする。

芳明はぼんやりと、四阿《あずまや》で空に浮かぶ月を眺めていた。やがて、闇の向こうから人の足音が聞こえてきた。

「彩虹？」

回廊を渡ってきた智鴻が、芳明に気がついた。彼が碧成の部屋に呼ばれたと聞き、ここを通るだろうと思って待っていたのだ。

「どうした、そんなところで」

「……智鴻様」

「雨菲様はもう休まれたのか？」

「ええ。あなたを待っていたの」

すると智鴻は、どこか満足げな様子で歩み寄ってくる。

「私も、お前に会いたかった」

芳明の手を取り、優しく囁く。

「雨菲様に仕えるようになってから、あまり顔が見れていなかったからな。どうだ、辛《つら》いことはないか？　独賢妃に何かされていないか心配だったのだ」

「……珠麗様が賢妃に仕えた時に、紹介したのはあなた？」

唐突な質問に、智鴻は怪訝《けげん》そうな顔をする。

「珠麗？　ああ……賢妃様が子どものいる女を傍に置きたいというから、私の信頼できる人間を推挙した。それがどうした？」

「私を雨菲様に紹介したのは、どうして？」

「一体なんなんだ？　お前が一番の適任者だと思ったからだ。それに、何より私が信頼できる相手だ」

「……噂が出回っていると聞いたわ。私が、雪媛様の命でここに来て、陛下に仕えているのだと」

ああ、と智鴻は何でもないように言った。

「それは私も聞いた。無責任な噂など気にするな」

肩を抱こうとする智鴻の手を、芳明は遮《さえぎ》った。

「噂を流したのは、あなたなの？」

「なんだって？」

「最初からそのつもりで？　雪媛様をおびき寄せるために、私を利用するつもりだったの？」

「何を言って……」

「そのために私を助けたの？」

「落ち着け、彩虹。誰かに何か言われたのか？」

「陛下は雪媛様を幽閉《ゆうへい》していたと聞いたわ。もし雪媛様が見つかったら、一体どうするつもりなの？　また閉じ込める？　それとも処刑？」

「そんなことするわけがないだろう。陛下は賊軍との戦を控えてる。神女としての柳雪媛の力を欲《ほっ》していらっしゃるだけだ」

「なるほどね。それで、どうにかして雪媛様を見つけ出さないといけないのね。私がここにいると噂を流せば、雪媛様が現れると思った？」

「――いい加減にしないか」

苛々《いらいら》としたような低い声だった。

「私は忙しいんだ。お前の妄想に付き合っている暇《ひま》などない」

「そうね、奥様のところへお帰りにならないとね」

立ち去ろうとする智鴻の背中に、芳明は棘《とげ》のある台詞《せりふ》をぶつけた。

「奥様は、お元気？」

「…………」

「娘さんが二人いるんでしたわね。いくつだったかしら」

はああ、と智鴻は重苦しくため息をつく。

「彩虹、話しただろう。妻と結婚したのは、仕方なくなんだ。そう恨みつらみを言い立てないでくれ。私だって辛いんだ。わかるだろう?」

芳明は、傍《かたわ》らに置いていた包みを取り上げた。

「……これ、婷が塵《ごみ》と一緒に燃やそうとしていたの」

中から現れたのは、男物の羽織。半分ほど焼け焦《こ》げている。

「あなたのものよね。いつだったか、私が繕ったわ。婷を問い詰めたら、あなたが捨てろと命じて渡したって」

「――知らないな。婷が、間違って燃やしたんだろう」

「考えてみたら当然ね。あれを着て帰ったら、奥様に感づかれてしまうもの。誰か繕い物をしてくれる女が外にいるんだって。それは困るんでしょう?」

「だからそれは――」

「仕方がないことだと思ったわ。だから今まで黙っていたの」

手にした羽織を、無造作に投げ捨てる。

すると智鴻は、また大きくため息をついた。

「お前が勝手に繕ったりするから、こういうことになるんだ」

開き直った様子に、あの時嬉しそうにしていたのと本当に同一人物だろうか、と芳明は目を疑う。

「……私、本当に馬鹿ね。あなたとの縁なんて、とっくに切れていたのに」

「嫉妬して、私の気を引こうとしているのか？　もうわかったから。お前にもっと頻繁に会いに行くよ。それでいいだろう？　さぁ、この話はこれで終《しま》いにしよう」

「終わってないわ！」

ぴしゃりと突っぱねると、智鴻の表情が不愉快そうに歪《ゆが》んだ。

「答えて。あなたが噂を流したの？」

智鴻は視線を逸らし、そしてまたため息をつく。

「勘違いするな。お前のためにしたことだ」

「私のためですって？」

「これで柳雪媛が見つかれば、お前は陛下のご意向のために尽力したのだという実績ができる。そうなれば、これ以上柳雪媛に連座するようなこともあるまい。だからあえて、お前の名を出したんだ」

「認めるのね。私を餌にしたって……」

鸚頌の話を聞き、これまでの出来事を振り返り、結論はもう出ていたはずだった。それでもまだ少しだけ、信じたい気持ちがあったのだ。

なによりこの人が、天祐の父親だから。

「──雨菲様に、暇乞《いとまご》いをしてくるわ」

「は？」

「これ以上、あの方にお仕えする気にはなれない」

「おい、そんなことは許さないぞ」

「許さないですって？」

「私が紹介したんだぞ。こんなに早くに辞《や》めるなどと言えば、私の信用に関わる！」

さらなる失望に、芳明は頭《かぶり》を振った。

「……自分の心配しかしないのね」

「なんて自分勝手な女だ。お前には報恩《ほうおん》の念というものがないのか？」

「なんですって？」

「満身創痍《まんしんそうい》のお前を助け、手厚い看護をつけ、厚遇してくれる主まで世話してやったんだぞ。私はこれほどお前のために尽くした。お前は私に対して、できることがあるならするべきだろう」

開き直ったように、智鴻は言った。

「それが人としての道理だ。陛下のお役に立てるんだ、誉《ほま》れだと思え」

「何言ってるの。あなたは私を利用しただけじゃない！」

「……変わったな、彩虹」

悲しげに智鴻は呟く。

「昔のお前はもっと優しくて、私のためならなんだってしてくれたのに」

「ええ、とっても都合のいい女だったのよね」

「あの時私が助けなければ、今頃お前は野垂れ死んでいたんだぞ。お前のような女一人、いなくなったところで誰も気に留《と》めない。誰のお陰で今こうしていられると思っているんだ？　人としての情はないのか？」

智鴻は決して声を荒らげているわけではなかった。しかし、ひどく冷たい声音だ、と思った。

しかし一転して、今度は機嫌を取るような猫撫で声で話し始める。

「なぁ彩虹、頼むよ。雨菲様にはお前が必要だ。困っているあの方を見捨てるのか？」

「雨菲様はしっかりされてるわ。手助けなんて必要ない」

じゃあ、と立ち去ろうとすると、突然強く肩を摑まれた。

思わず小さく悲鳴を上げる。

「放してっ」

「――お前は、責任をとるべきなんじゃないのか」

「責任？」

「そうだ。私の子を死なせたことを償《つぐな》うべきだ。母親のお前が弱かったから、子どもを守れなかったんだ！」

「な……」

信じられない思いで、目の前の男を見上げた。

「お前が生き残って、どうして子どもだけ死ぬんだ！　お前のせいだ！」

絶句する芳明から、智鴻は苛立たしげに手を放した。

「いいか、騒がずおとなしくしているんだ。柳雪媛が見つかれば、お前も嬉しいだろう！」

言い含めるようにして、足早に智鴻は去っていく。

その背中を、芳明は呆然と見つめた。

昔からあの男は、そういう人間だったのだろうか。

以前の自分がそれに気づいていなかっただけなのだろうか。

もしそうだとしたら――自分は本物の大馬鹿者だ。

一体、どうしてあんなにおめでたい解釈をしていたのか。

彼が、自分を殺そうとしたことを知っていたのに。

都を追われて以来、何もかもが今までと勝手が違う。

人手も以前より恐ろしく少なく、古株である鷗頌は、自然とこの仮の後宮で暮らす女たちを統率する立場になり、あちこち差配して切り回していた。侍女に逃げられた妃《きさき》たちの世話を直接することもある。

くたびれて思わず肩を回し、ため息をつく。以前なら個室をあてがわれていたが、今は手狭なので数人の宮女と同じ部屋で生活している。おしゃべりがうるさい他の女たちのもとへ帰るのが億劫《おっくう》で、仕事を終えてからしばらくは人気《ひとけ》のない厨《くりや》の裏でぼんやりすることが増えた。

偶然に若き日の柳雪媛の侍女になったあの時から、自分の人生は狂いっぱなしだった。環王が攻め込んできた時、逃げればよかったのだ。

しかし、長年の生き方を変えることは難しい。結局鷗頌は、来《きた》るべき日に備えて碧成の傍近くにその身を潜《ひそ》ませることを決めた。

(早く帰ってきてくださいよ、雪媛様。そうじゃなきゃ、一体私は何のために――)

「――鷗頌」

密やかな声がした。

鷗頌ははっと息を詰め、周囲を見回す。

「……私よ」

「芳明？」

物陰から顔を出した芳明は、口許《くちもと》に指を当てて静かに、という素振りをした。

「お願いがあるの」

「どうしたの」

「ここを出たいの」

「……どこへ行くつもり？　雪媛様のところ？」

芳明は首を左右に振った。

「いいえ、雪媛様がどこにいらっしゃるのか私にもわからないもの。でも、私がここにいたら雪媛様にご迷惑がかかる」

「唐智鴻のことは？　いいの？」

「私には天祐がすべてだってわかっていたはずなのに、目が眩《くら》んでいたみたい。あの子のいる村へ戻って、それから雪媛様の行方を探すわ」

「雪媛様がご無事でいる保証は、ないけどね」

「きっとご無事よ、青嘉《せいか》殿がいるから。――ここは、都の後宮ほど警備が厳重ではなさそうだし、まだそれぞれの持ち場も曖昧《あいまい》なようね。鷗頌、あなたならどうやったら抜け出せるか、知っているんじゃない？」

鷗頌はため息をついた。

自分は黒子であると自覚している。そしてこういう時、自分の存在意義に思いを巡らせる。それが、嫌いではない。

「……ひとつ貸しよ。いつか倍にして返してもらうわ」

七章

燗流《かんる》はどうにも妙な気分だった。

最近、やけに何事もない。

歩けば何かにぶつかり、じっとしていれば何かが降ってくる——自分はそういう運命だと思っていたし、それが日常だった。

ところがここ数日、そうした不運な目に遭《あ》うことが一度もないのである。

逆に怖い。

近いうちに、溜《た》まりに溜まったそのつけが一気に襲ってくるかもしれない。

「おじさん、どうしたの？」

少年があどけない表情で彼を見上げる。

「変な顔してるよ」

燗流はこの少年——天祐《てんゆう》と渡し舟に乗っていた。

ともに都を目指す二人は、途中で橋の落ちた川に行きつき、対岸に渡るための臨時の小舟が出されていたのでそれに乗り込んだのだ。

これまでのお決まりの展開としては、燗流が乗った舟は転覆するか、船頭が何故《なぜ》か突然櫂《かい》を取り落として漂流するか、舟底に穴があいて水が入ってくるのを一生懸命掻き出すか——と、そんなところである。しかし今のところ、何の問題もなく向こう岸まで到着しそうだった。

「……怖い」

「え？　もしかして舟怖いの？　だから乗る時あんなに渋ってたの？」

天祐が驚いたように声を上げた。

舟に乗る前、燗流は迂回《うかい》して陸路を行こうと提案した。一緒に乗船したら天祐も川に沈んでしまうかもしれない。そんな危険を冒《おか》させるわけにはいかなかった。

しかし天祐は、早く都に着くにはこれが最短の道だと他の旅人に聞き込んで、絶対舟で行こう、と譲らなかった。

母親のもとへ送り届けると決めたからには、置いていくわけにもいかない。燗流は必死で説得を試みた。

「なぁ、舟は……やめない？」

「どうして？」

「今日は天気が悪いから、危ないんじゃないかな」

天祐は雲一つない青空を見上げた。風も穏やかだ。

「いい天気だけど」

「ほら、なんていうか……卦《け》が悪いんだよ。俺こう見えて、験《げん》を担《かつ》ぐ性質《たち》で」

「け？」

「あ、あー、ちょっと腹の具合が……」

そこに船頭の「出発するよ！」という声が届いて、天祐は燗流を引っ張って押し込むように舟に乗り込んだのだった。

先ほどまでのそのやり取りを思い出し、燗流は肩を落とした。

もう、岸はすぐそこだ。

「……着いちゃう」

「？」

天祐は首を傾《かし》げた。

突然、後方からどよめきが上がった。何事かと振り返ると、燗流たちの次に出た別の一艘が転覆しており、飛沫《ひまつ》を上げているのが目に入る。

幸い川の流れは緩《ゆる》やかで、乗客たちは皆水面に顔を出した。そのままひっくり返った舟に掴まって、ぷかぷかと浮かんでいる。

「あらまぁ、少し遅かったら私たちもあの舟に乗っていたかもね。よかったわ」

隣に座っていた女が、ほっとしたように言った。

いつもの自分なら、道中なんらかの問題が起きて遅れてこの川へ辿《たど》り着き、あちらの舟に乗っていたことだろう。

川に落ちた人々がこちらの岸まで泳ぎ着くのを見届け、燗流と天祐は今夜泊まれる宿を探して宿場町へと向かった。

安いが小綺麗な宿がすぐに見つかったので、燗流は主《あるじ》に金を払った。

するとそこへ男が一人駆け込んできて、「部屋はあるかい？」と尋《たず》ねた。

「悪いねぇ、今ちょうど全部埋まったところなんだよ。この宿場は今夜、都から来た団体さんがいてどこもいっぱいだよ」

燗流たちの部屋が、最後の一室だったらしい。残念そうに出ていった男の背中を見送りながら、燗流は渋面《じゆうめん》を作った。

「おじさん、また変な顔してるよ」

「……俺、死ぬのかな」

「どこか痛いの？」

翌朝、何事もなく平穏無事な一晩を過ごして宿を出た。

しかし燗流は、あまり眠れなかった。

（そろそろ何か起こるはずだ……）

そわそわとあたりを見回す。

（何か……何かちょっとでいいから、不運に見舞われたい）

「こんなことを願う日が来るとは」

ぼそっと燗流は呟《つぶや》いた。

「ねえ、おじさん！　あれ見ていこうよ！」

天祐が指した先には、人だかりができていた。楽《がく》の音《ね》とかけ声が聞こえ、ぴんと張られた綱が横切り、その上を人が歩いている。大道芸人が軽業《かるわざ》を見せているらしい。

天祐が腕を引っ張る。仕方なく、燗流はそちらに足を向けた。

とその時、先ほどまで彼が立っていた場所にガシャンと音を立てて、屋根瓦《がわら》が雪崩《なだれ》を打って落下した。

近くにいた女が甲高《かんだか》い悲鳴を上げる。

「ああ～。この空き家、危ないと思ってたんだよ」

通りがかった近所の住人らしき男が、崩れた屋根を見上げて腰に手を当て嘆息《たんそく》した。

地面に落ちて粉々になった瓦の山を、燗流は無言で見つめる。

（せっかくの不運が……）

逃してしまった。

そうして燗流と天祐は、大層順調に都の城門まで辿り着いたのである。

想定より二日も早かった。

そして、二人ともいたって無事。怪我《けが》もしていない。

城門を見上げながら、燗流はある結論に至らざるを得ない、と思った。

（これは――これは、もしや――）

「……なぁ、坊主」

「何？」

「お前、自分が、すごく運がいいはうだと思ったことあるか？」

「うーん、どうだろう？　村の皆からは、運がいいねってよく言われるけど」

「やっぱり？」

「自分ではあんまりそうは思わないけどなぁ。あ、でもー、友達みんなでうっかり毒キノコ食べちゃった時、僕のだけ無害なやつだったみたいで何ともなかった。みんなも体がしびれただけで無事だったんだけどね」

「やっぱり？」

「そういえば、くじ引きでいつも当たりを引くからズルしてるんじゃないかってよく疑われる。ひどいよ、偶然なのに」

「でしょうね」

「あ、あとね、転んだりしても一度も怪我したことないんだー。すごいでしょ」

「………」

燗流は自分のこの宿命を、嘆《なげ》きはしても粛々《しゆくしゆく》と受け入れている。

しかし、昔からよく考えていた。

いつか自分と正反対の、『とにかく運がいい人間』というのが現れて、そしてそれは女性で、その人と夫婦になれば互いに互いを相殺《そうさい》してちょうどいい塩梅《あんばい》の人生に落ち着く、ということがあるのではないか——と。

（……女じゃ、なかった）

目の前の少年をまじまじと見つめる。

天祐が傍《そば》にいれば、もしかしたら自分はこれから、真っ当な人生を送ることができるのではないだろうか。

「……坊主。父さんはいないんだったな？」

「うん、病気で死んだんだって」

「母さんは、いくつだ？」

「え？」

「お前の母親だよ。何歳？」

天祐は首を傾げた。

「わかんない」

このくらいの子どもを持つ母親なら、燗流と同年代か、いってもいくらか上といったところだろう。

「まぁ正直、自分の母親くらい年が離れていてもこの際どんとこいだ」

「え？」

「どんな母さんだ？　優しい？　怖い？」

「お母さん？　えーとね、すごく綺麗で、村の男の人たち皆がお母さんと結婚したいって言ってる」

「…………なんと」

思わず嘆息《たんそく》する。

美人であろうが醜女《しこめ》であろうが、そんなことはまったく気にするつもりはない。しかし、この運命を変えてくれる子どもの母親が大変な美人であるというのは、早速運命が反転しだした証《あかし》のように思えた。

燗流は天祐の手をがしっと摑んだ。

「よし、行こう！　お母さんのところへ行こう、すぐ行こう天祐君！　——こっちか？　こっちかな⁉」

天祐の手を引いて、いそいそと城門を潜《くぐ》った。

彼の母親と首尾《しゅび》よく結婚できれば、人生が変わる。

「赤龍樓《せきりゅうろう》っていうお店で働いてるって、手紙に書いてあった」

「ふぅむ、飯屋かな。よしよし、ちょっと誰かに聞いてみよう！」

「——ああっ！　お前無事だったのか！」

唐突に声をかけられ、燗流は立ち止まる。

男が五人。燗流の配属されていた部隊の兵士たちだった。燗流がはぐれた以外、特に問題なく都に到着していたらしい。

「ああ、まぁ……」

「まぁ、じゃない！　早く隊長のところへ行くんだ！　お前は逃亡の罪に問われてるんだぞ！」

燗流はぎょっとした。

「と、逃亡？　いや、皆見てたでしょ。俺は牛にはねられて――」

「とにかく、早く来い！　俺たちまで連帯責任で重い労役を課せられているんだぞ！」

「え……」

「逃がすな！　連れていけ！」

わっと囲まれ、燗流は「ちょ、ちょっと待って！」と声を上げる。

「おじさん、仲間に会えたんだね。よかった。もう迷子にならないでね！」

天祐は驚いたように成り行きを見守っていたが、屈託のない笑顔で彼を送り出そうとする。燗流が天祐についてきてやったつもりだったが、天祐にとっては逆だったらしい。

「いや、ちょ、待っ……」

「さっさと来い！」

ずるずると引きずられていく。

「じゃあね、おじさん！　元気でね！」

天祐はにこやかに手を振っている。

遠ざかる彼に、燗流は縋《すが》るように手を伸ばした。

「だめだ！　俺の人生を変える千載一遇《せんざいいちぐう》の好機がそこに……！」

しかし天祐は、もう見届けたと言わんばかりにさっさと歩きだして、雑踏《ざっとう》に消えていってしまう。

「ああ～～～～～～～～～～！」

燗流は絶望の声を上げた。

やっぱり、つけは回ってくるらしい。


王《おう》家の周辺には、兵がぐるりと配置されていた。家の者を守るためではなく、監視するためだ。

柳雪媛《りゅうせつえん》とともに姿を消した王青嘉《せいか》からの接触があるかもしれないと、環王《かんおう》の命《めい》によって四六時中監視されている。自由に外に出ることもままならず、外出する場合には兵士がついてくる。

門の向こうに佇《たたず》む彼らの姿を、珠麗《しゅれい》は苦々しい思いで見つめた。

武門の名家と知られた王家はもう終わった、と都では囁《ささや》かれている。当主である青嘉は皇帝の寵姫《ちょうき》を連れて逃亡、跡継ぎである志宝《しほう》は病気を患《わずら》って寝込んでいる——と。

志宝が病《やまい》であると偽《いつわ》ったのは、珠麗だった。

落馬し大怪我をして以来、志宝は部屋から出てこなくなった。母である珠麗が何を言っても口も利《き》かず、暗い部屋で鬱々《うつうつ》とし、ある時は声を荒らげて怒りだし、珠麗や使用人たちに当たり散らした。

珠麗は名医がいると聞けばすぐに呼んできて、志宝を診《み》てもらった。しかし誰も、彼の右足を元に戻せる者はいなかった。

それでも、希望を捨てられずにいた。だから志宝の怪我については、決して外に漏《も》らすなと厳命した。志宝はいつか父のような、そして叔父《おじ》である青嘉のような武将になるのだといつも夢見て語っていたのに。

「志宝、入るわよ」

珠麗が扉を開けると、志宝はこちらに背を向けて寝台に横になっていた。

持ってきた膳を置き、「食事よ」と声をかける。

返事はない。

文机《ふづくえ》には書物が積まれている。せめて何か読むものでもと思い珠麗が用意させたが、それにも手をつけていないようで埃《ほこり》を被《かぶ》っていた。

「志宝、温かいうちに食べて」

しかし、志宝はこちらを見ようともしない。

そっとため息をつき、珠麗は寝台に近づいて息子に手を伸ばした。

落馬した時の怪我はすでに癒《い》えている。ただ、右足を除いて。

起き上がって、杖《つえ》を使えば日常生活を送ることはできるはずだ。しかし、志宝が欲《ほっ》しているのはそんなことではないと珠麗にもわかっていた。

志宝は母親の手をぱんとはねつけた。そして、憎しみともいえる色を浮かべた目で睨《にら》みつけてくる。

「……どうして金鶯《きんおう》を売ったの」

金鶯とは、志宝の馬の名前だった。黙っているようにと言ったのに、誰かが話したらしい。

「あの馬はお前を振り落として踏みつけたのよ。そんな危ない馬、置いておくわけにはいきません」

「僕の馬だ！　僕がもらったんだ！」

「志宝……」

「わかってるんだぞ！　僕がもう、馬には乗れないから、あんなもの必要ないって言いたいんだ！」

「違うわ、そうじゃない」

「叔父上も、僕に呆れて出ていったんだ！　僕みたいのが王家の跡取りじゃ、恥ずかしいから……！」

興奮する志宝をなだめるように、珠麗は必死でその小さな身体を抱きしめる。

「そうじゃない。私も、青嘉殿も、そんなふうに思ったりしないわ」

「返してよ！　金鶯を返して！」

泣きだした志宝は、拳を振り回して珠麗を叩いた。

珠麗はそれを避けることもせず、甘んじて受けた。

まだ、たった七歳。それなのに、片足を引きずって生きていく運命を受け入れるには、時間がかかって当然だ。

志宝は泣きながら、布団の中に丸まってそれ以上何も話さなくなってしまった。

どうすることもできず志宝を置いて部屋を出ると、珠麗は流れてくる涙をそっと拭《ぬぐ》った。

どうしたらいいのかわからない。使用人に見られないよう、足早に自室へと戻った。そこには、見れば虚《むな》しいばかりの婚礼衣装が片隅に置かれたままになっている。

青嘉の行方は知れない。

生きているのかすらわからない。

(生きていたとしても、ここに帰ってくることはない……)

門前を固めている兵士たちは、無駄骨もいいところだろう。

志宝は、自分のせいで青嘉が出ていったと思っている。

だが、それは違う。

(全部、私のせい)

鏡台の前に置かれた簪《かんざし》を取り上げる。青嘉から贈られたもの——そう、思い込んでいたもの。

なんて滑稽《こっけい》だろう、と思った。

結局、何もかも失ったのだ。恐ろしい罪ばかりを残して。

「珠麗様」

扉の向こうから、家令《かれい》の声が聞こえた。

「……何?」

「あの、運び出す荷の確認を……」

珠麗は自分を落ち着かせようと、大きく息を吸って顔を上げる。婚礼のために用意した品一式を処分するために、まとめるよう言いつけておいたのだった。

「わかったわ。今行きます」

珠麗は、置いたままになっていた婚礼衣装を両手に抱《かか》えた。

これも、もう必要ない。

珠麗はそれを、処分するものを詰める櫃《ひつ》に入れた。


異変が起きたのは、その翌日だった。

家令が慌《あわ》てた顔で駆けてくる。

「珠麗様！　志宝様が……！」

「また暴れているの？」

「いいえ！　お部屋におられないので探したのですが、どこにも……屋敷のどこにもいらっしゃらないのです！」

珠麗は驚いて志宝の部屋へと向かった。

物が散乱し荒れた部屋に人影はなく、杖もなくなっている。

「どこかにいるはずよ。隠れているのかも……」

「もう一度、探してみます」

慌ただしく、使用人総出で捜索が始まった。

倉の中も、屋根裏も、井戸の中まで探した。しかし、どこにも志宝の小さな姿はない。

「もしや、外に出られたのでは？」

「あの身体では思うように動けないはずよ。それに外には兵が――」

はっとして珠麗は門を飛び出し、環王の命を受けた兵士たちに駆け寄った。

「子どもが出てきましたか⁉」

「は？」

兵士たちはぽかんとしている。

「息子がいないんです！　見ていませんか⁉」

「子ども？　そんな出入りがあれば、我らが見逃すはずがない」

「裏門は――」

「裏門にも兵を配置している。だが、そんな報告は受けていない」

「そんな……じゃあ、どこに……」

「昨日からこの門を通ったのは、買い出しの使用人と、それから荷を引き取りに来た商人だけだ」

珠麗は頭を抱えた。

「どこにいるの、志宝……」

「珠麗様、あの」

女中頭《がしら》が、見覚えのある柘榴《ざくろ》色の衣《ころも》を抱えて駆けてくる。

「これが、裏の叢《くさむら》に打ち捨ててあって……ほかにも、運び出したはずの荷の一部が」

「え？」

それは、あの婚礼衣装だった。

「もしかして――」

大きな櫃が五つは運び出されたはずだ。

そのどれもが、志宝の小さな身体がすっぽりと入る大きさだった。


燗流と別れた天祐は、道行く人に「赤龍楼はどこですか？」と尋《たず》ねて回った。どうやらなかなかの有名店らしく、場所はすぐに判明した。

思わず駆け足になる。

もうすぐ母に会えるのだ。

辿り着いたのは龍を描いた額を掲《かか》げた、なかなかに洒落《しやれ》た風情《ふぜい》の酒楼だった。開かれた扉の向こうは賑《にぎ》わっていて、美味《おい》しそうな匂《にお》いが漂ってくる。

「ごめんください」

忙《せわ》しそうに動き回る給仕の女に声をかける。

「あの、僕、天祐といいます。ここで働いている母に会いに来ました」

「ええ、母親？　誰の子だい？」

「はい。芳明《ほうめい》という名です」

「？　誰だって？」

「芳明です」

「そんな人、ここにはいないよ」

天祐はきょとんとした。

「そんなはずありません。ここで働いていると……」

「ああもう、忙しいから帰っておくれ。――はーい、ちょっとお待ちを！」

客に呼ばれ、女は慌ただしく去っていく。

天祐は仕方なく店を出て、入り口の近くで出入りする人々の顔に目を凝《こ》らした。母が出てくるかもしれない。

暗くなるまでそうしていたが、やがて店の明かりが消える頃になっても、母の姿を見つけることはできなかった。店の前で座り込んでいる天祐に、帰ろうとして店を出てきた先ほどの給仕の女が気づいた。

「ちょっと、あんた何やってるの」

「……お母さんが……」

「なんだ、どうした？」

店の主人だろうか、一緒に出てきた年配の男が事情を尋ねた。

訳を話すと、男も首を傾げる。

「芳明？　知らないねぇ。うちにはそんな者はいないよ」

「……そうですか。あの、赤龍楼っていうお店は、他にもありますか？」

「まさか。都で赤龍楼はうちだけだよ」

天祐は立ち上がると、「すみません。ありがとうございました」と頭を下げてとぼとぼと歩きだす。

「あ、ちょっと！」

女に呼び止められて、振り返った。

「ずっとここにいたなら、お腹空《なかす》いてるんじゃないかい？　ほら、これ持っていきな。店の残り物だけど」

女は温かい包みを差し出した。開けてみると中身は粽《ちまき》で、まさに空腹を感じていた天祐はぱっと表情を明るくした。

「ありがとう！」

手を振って二人と別れ、もらった包みを大事に抱えながら人の流れに乗ってぶらぶらと歩いていく。

母に会えると思っていた。あの優しく温かな腕に飛び込めると思っていたのに。

手がかりはあっさりと消えてしまった。

行く当てもなく、天祐は大通りに出た。

（どうしよう……）

どこかで鐘が鳴っている。人々は足早に家路《いえじ》を急いでいるようだった。

「おい坊主。早く家に帰りな。ぶらぶらしていると捕まるぞ」

通りすがりの男が声をかけてくれた。

「捕まる？」

「夜は外出禁止だ。環王様――いや、今の陛下の御代《みよ》になってからこっち、どうも息苦しくていかんなぁ」

早く帰れよ、と言って男は駆け足で去っていく。天祐は彼を見送りながら、小さく独りごちる。

「……帰るところなんて、ないしなぁ」

宿を取ろうにも、子どもだけでは泊めてくれない。

だから実を言うと、燗流が一緒に都まで来てくれてとてもありがたかった。それまでは
いつも、野宿ばかりだったのだ。

できるだけ人目につかない場所で、夜露《よつゆ》をしのぎたい。

天祐は慣れない街の様子に心許《こころもと》なさを覚えながら歩を進め、一本の橋の袂《たもと》に出た。この
下ならば薄暗く、ちょうど道からは死角になっていて誰も気づかなそうだった。

土手をそろそろと降りていく。

燗流に語ったことは嘘ではない。自覚がそれほどあるわけではなかったが、周囲に言わ
せると自分は運がいいほうらしい。確かに大抵のことは、問題が起きてもいつもなんとか
なる。

（お母さんにも、きっと会える）

天祐は楽観的に考えていた。

とその時、目の前の闇が蠢《うごめ》いた気がした。

「――う、わっ！」

天祐は驚いて思わず声を上げた。

橋の下で、何かがもぞもぞと動いている。

暗くて、それが何かはわからなかった。角のようなものが見える。獣だろうか。

都の真ん中にも、こんな獣が潜《ひそ》んでいるのか。

しかし、目が慣れてよくよく見ればそれは獣ではなかった。

大きな角のように見えたものは、杖である。

自分と同じくらいの年頃の少年が、杖に摑まって立ち上がった。そしてひどく警戒した様子で、こちらを睨みつける。

「——誰だ、お前」

威嚇《いかく》するように声を上げた少年は、右足を引きずっていた。

八章

「えーと……こんばんは」

天祐《てんゆう》はゆっくりと少年に近づいていく。

「こっちに来るな！」

「あのう、ここで何をしてるの？」

「来るなって……！」

その時、唐突に橋の上で大声が響いた。二人は揃《そろ》って、はっと頭上を見上げる。

「私はただ、店の使いで遅くなって……！」

「夜間の外出は禁止されている。おい、引っ立てて牢にぶちこめ」

「そんな！　お願いです！　家で年老いた母が待っているんです、帰らなくちゃ――」

鈍《にぶ》い音と、くぐもった声が聞こえた。

「な、何？」

驚いた天祐が思わず声を漏《も》らした。すると慌《あわ》てたように、少年が後ろから羽交い締めにしてその口を塞《ふさ》ぐ。

「うぅ……！」

「静かにしてろ！　僕まで見つかるだろ！」

やがて、頭上で何かを引きずっていくような音と、複数の重々しげな足音が遠ざかっていくのが聞こえた。

二人はしばらく息を詰めて身を固くしていたが、しんと静かになると、ようやく少年が手を放した。

「——ぷはっ！　なにするんだよ！」

「夜警隊が都中を見張ってるんだ。見つかれば捕まって牢獄行きなんだぞ」

少年は不機嫌そうに天祐を突き飛ばした。

「早くどっか行けよ」

少年の傍《かたわ》らには、小さな荷物の包みが置かれていた。よくよく見れば仕立てのよさそうな真新しい衣《ころも》を着ており、ここで暮らす浮浪児には見えない。

「……君は、今夜ここで寝るの？」

「な、なんだよ。夜警隊に突き出すつもりか？」

「ううん。あの……僕行くところなくて。僕も朝までここにいてもいい？」

「だめだ！　ここは僕の場所だ！」

自分のような旅人には見えなかった。人に命令するのに慣れている風情《ふぜい》からも、どこぞのいいところのお坊ちゃんだろうか、と見当をつける。

天祐は身を屈《かが》めて、橋の向こうを窺《うかが》った。先ほどのような兵士たちがあちこちにいるとなれば、無闇に出ていくことは躊躇《ためら》われた。

「一緒にいたらだめ？」

「さっさと行けったら！」

にべもない返答に、天祐は少しむっとした。

「じゃあ、大きな声出しちゃおうかな」

「え？」

「すいませーん、ここに人がいまーす！」

「や、やめろ！」

焦《あせ》った少年が摑みかかってくるが、闇の中で何かに躓《つまず》き大きく前のめりになった。倒れそうになった身体を天祐は咄嗟《とっさ》に支える。

「大丈夫？」

天祐の手を不愉快そうに払い除けて、杖《つえ》をつきながら橋の柱へもたれるように腰を下ろした。天祐は彼の横に座り込む。

「勝手に座るなよ」

「ここ君の家じゃないだろ。僕がどこに座ろうが勝手だ」

「僕が先にここにいたんだ！　お前はあっちへ行け！」

「また大声出そうか？」

「………っ」

「僕、天祐。君は？」

少年は口を噤《つぐ》んで顔を背《そむ》けてしまう。

「大声、出してほしい？」

「…………志宝《しほう》」

「志宝か。ねぇ、ひとりで一晩外で過ごすのは心細いし、君がいてよかったよ」

「僕はひとりがいい」

ぐうう、と隣でお腹《なか》が鳴るのが聞こえた。

志宝は恥ずかしそうに頬を赤らめ、膝《ひざ》を抱《かか》えて俯《うつむ》いた。

「食べる？」

先ほどもらった粽《ちまき》をひとつ差し出してやる。志宝は顔を上げ、物欲しそうな表情を浮かべたものの「いらない」と突っぱねた。

「お腹空《す》いてるんでしょ」

「いらない」

「君の腹の虫を聞きつけて兵士が来たら困るから、食べて」

ほら、と志宝の手に粽を押しつけると、天祐は自分の分の粽に齧《かぶ》りつく。

志宝はしばらく躊躇《ためら》いながら、横で美味《おい》しそうに粽を頬張っている天祐をちらちらと窺っていた。

やがて我慢できなくなったのか、おずおずと口に運んだ。

「僕、都に来たばかりでここがどこなのかよくわかってないんだ。君はこのへんの子？」

「……うん」

「ねえ、芳明《ほうめい》っていう女の人を知らない？」

「知らない」

「そっか……」

天祐は肩を落とす。

「僕、臥漢《がかん》から来たんだ。お母さんが都で働いているから、会いに来たの。でも、どこにいるのかわからなくて……」

天祐の暮らした村では全員が顔見知りで、母を知らない者などいなかった。しかしこの街は果てしなく広く、数えきれない人が暮らしていて、人一人を探し出すのは難しいことのようだった。

「君は？　どこかへ行く途中？」

「………うん」

人の話し声がした。また夜警隊だろうか、と二人は顔を見合わせて口を噤む。

秋の夜は冷えた。

水辺だからだろう、一層肌寒く感じる。天祐はぶるりと震えた。

「ねぇ、もうちょっとそっち行っていい？」

「な、なんだよ」

「寒いからくっついてようよ」

天祐は返答を待たずに志宝ににじり寄った。

今度は志宝も異を唱えなかった。彼も寒かったに違いない。

人の温《ぬく》もりにほっとした。

二人は寄り添い合いながら、やがてうとうとと眠りについた。

太陽の光が橋の下まで差し込んでくる。

目を覚ました天祐は、その陽光の暖かさにじんわりと身体がほぐれるのを感じた。志宝は、天祐の肩に頭を預けるようにして眠っている。

「志宝、朝だよ」

揺り起こすと、ぼんやりした様子で目を開け、ここはどこだろうというように周囲を見回した。それには構わず、天祐は川に手を差し込み、冷たい水でばしゃばしゃと顔を洗う。

「お腹空いたなぁ……」

昨日もらった粽は、もう全部食べてしまった。

すると志宝が、懐《ふところ》から財布を取り出す。

「向こうで、朝の屋台が出てるはずだ。これで何か適当に買ってきてよ」

ずしりと重そうな財布から銅貨を数枚取り出して、天祐に渡した。

「おつりはいらない。手間賃にとっておいて」

言うことが確実に金持ちの子である。

「一緒に行かないの？」

「……ここで待ってる」

天祐はちらりと彼の右足に目を向けた。あまり歩きたくないのだろうか。

天祐は志宝に道を教わると、「行ってくる」と跳ねるように川の土手を駆け上がっていった。

聞いた通りに道を進むと、路地の向こうから胃袋を刺激する匂《にお》いが漂ってくる。吸い寄せられるように角を曲がると、狭い路地の両側にいくつもの屋台が並んでいるのが目に入った。あちこちから立ち上る白い湯気や煙が漂う中、これから登庁する官吏《かんり》と思《おぼ》しき男たちが大餅《ダービン》を頬張り、牛肉の入った熱い麵を啜《すす》っている。

天祐は油条《ヨウテイヤオ》と菜包《ツァイパオ》、それにおやつ代わりに山楂糕《シンジャーガオ》を買い込んだ。

これだけ買っても、預かったお金はかなり余った。おつりはいらないと言っていたのだ、くれるというなら遠慮せずにもらっておくことにする。母を見つけるためにどれくらい時間がかかるかわからないから、手持ちは多いに越したことはない。

ほくほくした気分で橋へと駆け戻る。

歩きながらお先に油条に齧りついた。揚げ立てのさくさくもっちりした食感が堪《たま》らず、思い切り頬張って味わう。

(今日はどうしよう。それらしいお店をひとつずつ訪ねていくしかないかなぁ……)

最後の一口を放り込みながら橋の袂《たもと》まで辿《たど》り着いた。

「――嫌だ！　やめろよ！」

突然、言い争う声が聞こえた。

見知らぬ男が、志宝の身体を抱え上げようとしているのが目に入る。

志宝はじたばたと暴れ「放せ！」と叫んでいた。

（人攫《ひとさら》いだ！）

都会には、子どもを攫って売り飛ばすことを生業《なりわい》にする者がいるという。売られた子どもは奴隷にされてしまうのだ。

あの男はその一味に違いない。

考える間もなく身体が動いた。

抱えていた朝食の包みを上衣《うわぎ》の懐《ふところ》に押し込むと、一気に河原まで駆け下る。その勢いのまま、天祐は思い切り男に体当たりした。

「うわぁっ！」

男は膝《ひざ》をつき、志宝が地面に転がる。天祐は近くに落ちていた志宝の杖を掴むと、男に向かって振り上げた。

「人攫い！　人攫いだ！　誰かー！」

大声を上げて助けを呼ぶ。

橋を渡っていた人たちが、何事かと覗《のぞ》き込んできた。

「あっちへ行け、人攫い！　このっ、このっ！」

天祐は杖で男をめった打ちにしてやった。男は哀れっぽく「やめろ！　違う！」と声を上げている。

そのうちに、騒ぎを聞いて駆けつけてきた大人たちが男を取り囲んだ。

「おい、衛士《えじ》を呼べ！」

「朝っぱらから子どもを拐《かどわ》かそうなんて、なんてやつだ！」

「都もすっかり治安が悪くなったなぁ」

「ち、違う、誤解だ、私は――」

じりじりと追い詰められ、男は蒼白《そうはく》な顔で喘《あえ》いでいる。

「逃げるぞ、志宝！」

天祐は志宝に杖を返すと、その手を取った。杖をつく志宝を支えながら、足早に遠ざかろうとする。

「ああっ、待って！」

男の声がしたが、誰かが「押さえつけろ！」と叫ぶのが聞こえた。志宝を引っ張りながら、天祐は振り返らずに逃げた。

「だめです、お待ちを……志宝様……！」

橋を渡り大通りを横切り、散々に逃げ回った二人は、息を切らしてようやく足を止めた。

「ここで休もう」

入り組んだ路地の奥にある、いくらか開けた井戸端《いどばた》だった。志宝はぐったりした様子で、そこに腰かける。

「あの男、君の金を狙ってたのかな？　都って本当怖いところなんだなぁ。大丈夫？」

すると志宝は少し躊躇いがちに、俯《うつむ》いたまま小さく呟《つぶや》いた。

「……その、僕、追われているんだ」

「追われてる？　誰に？」

「悪いやつらだよ。さっきの男も……その仲間だ」

「ええっ！」

ただの人攫いではないのか。

天祐は用心深く周囲を見回した。怪《あや》しい人物の気配はないが、それではいつ追っ手がやってくるかわからない。

「だから、身を隠して逃げてるんだよ」

「ひとりで？　お父さんとお母さんはそのこと知ってるの？」

「……父上はいない。戦《いくさ》で亡くなった」

ふっと志宝の表情に影が差した。

「母上は……母上は……」

それきり、志宝は暗い表情で口を閉ざす。

「家はこのへんなんでしょう？　僕、送っていくよ」

「だめだ」

志宝は首を振った。

「家には、帰れない」

「でも、きっとお母さんが心配してるよ」

「心配なんて、するわけない！」

突然志宝が怖い顔で叫んだので、天祐はびくりとした。

「今頃、出来損《できそこ》ないの僕がいなくなってせいせいしてるに決まってる！」

「出来損ない……？」

「この足さ！」

腹立たしげにぱん、と自分の右足を叩く。

「僕の一族は、代々武将になって皇帝陛下に仕《つか》える家柄なんだ。父上も、叔父上《おじうえ》も、おじい様だってみんな強い武将だった。……それなのに跡取りの僕はこのざまだ！」

悔しそうに歯を食いしばり、どんどんと拳を右の太ももに叩きつける。

「歩けないし、馬にも乗れない！　だから母上は、新しく子どもを生むつもりなんだ。ちゃんと歩ける元気な跡取りを！　そのために、叔父上と結婚しようとして……！」

そこまで言って志宝ははっとしたように顔を上げて、天祐の様子を窺った。

余計なことまで喋《しゃべ》ってしまった、というように顔を背ける。

「だから……もう帰れない。僕はもう、いらないんだから」

「君んち、お金持ちなんでしょう？　武将がだめならさ、科挙《かきょ》を受けて官吏になったら？」

「は？」

蔑《さげす》むような視線が飛んできた。

「王《おう》家の息子が文官になるなんて、そんな恥ずかしい真似できるわけないだろ！」

「えっ。恥ずかしいの？　なんで？」

「うるさい！」

志宝は杖を天祐に向かって投げつけた。

「いくらでも走ったり跳ねたりできるお前に、僕の気持ちなんかわからない！　思うように歩けないのがどんなに辛《つら》いか！　憐《あわ》れみの目で見られることがどんなに惨《みじ》めか！　僕を見て、母上は泣いてばかりいる……！」

背中を丸めて、志宝はぶるぶると身体を震わせた。

天祐は地面に転がった杖を拾い上げる。

ぽたぽたと、涙が地面に染《し》みを作っていた。

志宝は泣いているのだった。

天祐は黙って彼の隣に座ると、そのまま泣き止《や》むまでじっと待った。

しかしふとあることに気がつき、思わず声を上げる。

「――あ、しまった！」

慌てて懐から包みを取り出した。

朝食はすっかり潰《つぶ》れてしまっている。

中身を確認し、冷えて少し硬くなった油条《ヨウティヤオ》と、中身が半分飛び出している菜包《ツァイパオ》を見せた。

「ごめんね、こんなになっちゃったけど……朝ごはん、食べる？」

志宝が何も言わないので、横に置いてやる。

天祐は残った山楂糕《シンジャーガオ》に口をつけた。

「君が武将に憧《あこが》れる気持ち、わかるよ。いつか僕も強くなって、何万もの軍を率いてみたいなー。昔ね、お母さんが都の武官様に会わせてくれたことがあったんだけど、すごくかっこよかったよ！」

「……なりたいからって、誰でもなれるわけじゃない」

「剣とか弓とか、たくさん練習しないといけないんでしょ？　志宝はそういうこともやってたの？」

「当たり前だ。たまに叔父上が稽古《けいこ》をつけてくれて……叔父上はすごく強いんだ」

「いいなーかっこいいなぁ！　僕、大きくなったら将軍になって褒美《ほうび》をたくさんもらうか、商人になって大金持ちになりたいんだ。それでお母さんに大きな家を買ってあげて、召使いをたくさんつけてあげるの。うちもね、お父さんは僕が生まれる前に病気で死んだんだ。だから会ったことないし、お母さんはそれで僕のためにずっと働きに出てる」

　志宝は少し瞬《まばた》いて、「ふぅん」と俯いた。

「……僕も、父上の顔は覚えてない」

「僕の顔はね、お父さんに似てるんだって。大きくなったらもっと似てくるかも。――そうだ、いいこと思いついた！」

　そう言って天祐は立ち上がると、おもむろに上衣を脱ぎ始めた。

「志宝も脱いで。交換しよう」

「え？」

「僕たち背丈《せたけ》も同じくらいだし、着ているものを取り換えちゃえば遠目にはどっちがどっちかわからないよ。それで、悪いやつらが僕を君だと思って追いかけてきたら、僕は思い切り走って逃げる。その間に君はどこかに隠れる。どう？　完璧な作戦！」

志宝は驚いたように、天祐を見上げた。

「……でも」

「いいからほら、脱いで脱いで！」

戸惑《とまど》っている志宝の衣を剝《は》いでやる。

手にしてみるとやはり相当に高価そうな布地で、肌触りのよさに思わずうっとりする。

「君、本当にお金持ちなんだなぁ。その悪いやつらは、やっぱり身代金《みのしろきん》目的なの？」

「……そう、だね」

歯切れ悪く言いながら、志宝は天祐の衣を受け取る。するとふと、何かに気づいたように手を止めた。

「これ……」

衣の内側には、文字が縫い取られている。

「君の名前？」

「ああ、うん。お母さんがいつも縫ってくれるんだ」

二人は衣を交換すると、互いの姿をまじまじと観察した。

「なんか、本当に自分がそこにいるみたい。顔もちょっと似てるよね、僕ら」

「そう？」

これならうまく敵を欺《あざむ》けそうだ、と天祐は悦《えつ》に入《い》った。

「それで、志宝はどこか行く当てがあるの？」

「……わかんない。とにかく、逃げてきたから」

「僕、お母さんを探しに行きたいんだ。赤龍樓ってお店で働いてるって手紙に書いてあったんだけど、そこじゃないみたい。でもこのあたりの、どこかのお店で働いてると思うんだ。ねえ、赤龍樓に似た名前の店知らない？」

「赤龍樓？　……青龍樓《せいりゅうろう》ってお店はあるよ」

「えっ！　本当？」

「うん。あっちのほうに」

「案内して！」

手を差し出す。

志宝は少し躊躇いつつ、その手を取った。

二人は連れ立って、表通りに向かって歩きだした。

「彩《さい》……いや、芳明がいなくなった？」

唐智鴻《とうちこう》は報告に眉を寄せた。

雨菲《うひ》から使わされた宮女が、主《あるじ》の怒りを代弁するように彼を睨《にら》みつける。

「智鴻様からのご紹介ということもあり、雨菲様は大層目をかけておられました。それが、荷物ごと忽然《こつぜん》と姿を消したのです。この始末、どうつけるおつもりです！」

智鴻はすぐに笑顔を作ってみせた。

「……いやいや、これは。お伝えしておらず申し訳なかった。あの者は、泳がせているのですよ」

「泳がせる？」

「ええ、柳雪媛《りゅうせつえん》といつ連絡を取るかわかりませんので、あえて隙《すき》を作り、様子を窺っているのです。ご安心ください、ちゃんと見張りをつけておりますので」

「そういうことは、雨菲様へも事前にきちんとご報告申し上げるべきでしょう！」

「疑われないよう慎重に事を進めておりますので。雨菲様には、どうぞお気になさらぬようにとお伝えください。私が必ず、柳雪媛の身柄を押さえてみせます。もちろん、その後のことは雨菲様の御心《みこころ》に添えるよう取り計らいましょう。……陛下はお嘆《なげ》きになるかもしれませんが、それを雨菲様がお慰《なぐさ》めすればよろしいかと」

智鴻が何を言おうとしているのか察した宮女は、少し居住まいを正した。

「……そう。では、そのように雨菲様にはお伝えしましょう。頼みましたよ」

「はい、お任せを。ご足労いただき恐縮です。これは、心ばかりですが――」

にこやかに宮女の手に金子《きんす》を握らせる。

その感触を確かめた宮女は思わずほくそ笑み、黙って部屋を出ていった。智鴻は腰を低くしてその姿を見送る。

宮女の姿が見えなくなると、強く舌打ちして顔を上げた。

芳明が行方をくらますなど、想定外だった。

（珠麗《しゅれい》といい、彩虹といい……どうしてこうも身勝手なのだ！）

何故《なぜ》与えられた仕事を最後まで全《まっと》うできないのか。責任感がなさすぎる。

（まぁ、すぐに見つかるだろう。行く当てなどあるはずもない……）

その夜、智鴻は与えられている屋敷に戻ると、家人に命じて隠れ家での監視のために雇っていた男たちを呼び寄せた。

「逃げた女を探し出せ。まだそう遠くへは行っていないはずだ。それから、それとは別で誰か都へ行き、王家の息子を連れてこい」

「王家、ですか」

「確か、志宝という名だ。王志宝。まだ幼いから容易《たやす》いだろう。殺すなよ、私の従姉妹《いとこ》の子だ」

「ならば、その従姉妹に命じて連れてこさせればよいのでは？」

智鴻はうんざりしたようにため息をついた。

「ついてくるように言ったのに、都に残ると言って聞かないのだ！　強情な女で困る。……とにかく、母親には悟られないよう無傷で連れてこい。私はただ、親戚の子どもの身を心配して、安全のために引き取るだけだ。都は危険だからな」

さっさと行け、と命じて追い払う。

志宝は王青嘉の甥《おい》。王青嘉は彼を跡取りとして大切にしていたという。人質として使えるだろう。

柳雪媛を捕らえるための撒《ま》き餌《え》として考えていた芳明を失った今、代わりの餌《えさ》を用意しておくに越したことはない。

「お父様ー」

五歳になる上の娘が部屋に飛び込んできて、彼に抱きついた。

女中が慌てて追いかけてくる。

「お嬢様、だめですよ！　旦那様はお忙しいんですから！」

「いや！　お父様のお部屋で一緒に寝るのー」

しがみついて離さない娘の頭を撫でてやる。智鴻は女中に向かって、

「しっかり見ていろ。何かあったらどうする！」

としかりつけた。

「も、申し訳ございません」

「明日、お母様とおじい様とお出かけするの。お父様も来る？」

「お父様は明日もお勤めがあるんだ。お前たちだけで行っておいで」

「えぇー」

「ああ、そうだ。もうすぐ、男の子が一人うちに来る。お前たちにとっては又従兄弟だな」

「男の子？」

「お前よりもお兄さんだよ。その子にたくさん遊んでもらいなさい。さぁ、もう寝ないとな。――連れていけ。こんな夜遅くまで遊ばせておくんじゃない」

女中が娘を抱き上げ、恐縮したように頭を下げて連れていく。

智鴻は傍らの酒を注いで呷《あお》った。

苛々《いらいら》と杯を卓に叩きつける。

芳明は、もうすっかり自分の言いなりだと思っていた。彼が訪れる度《たび》に嬉しそうに表情を輝かせて迎える様は昔の彼女を思い出させたし、頼んでもいない繕《つくろ》いものまでして甲斐《かい》甲斐《がい》しくこちらの世話を焼く。隙をあえて与えても、逃げる素振りもなかった。

だから見張りも解き、後宮《こうきゅう》へ送り込んだのだ。

先日の様子では、妻と子のことが気に入らないらしい。

碧成《へきせい》の信頼を勝ち取り、蘇高易《そこうえき》の後ろ盾《だて》も得、邪魔な司飛蓮《しひれん》を追い出した。あとは雨菲の支持を獲得できれば、もはやこの臨時朝廷で智鴻を阻《はば》む者はない。

碧成が都に戻る日がやってくれば、自分は第一の功臣として称《たた》えられ、栄華《えいが》を極めることとは間違い。

(やっとここまできた。やっとだ)

智鴻が流した噂は、すでに広範囲に行き渡っているだろう。自分の侍女であった女の消息は、雪媛の耳にも届いているかもしれない。芳明がすでにここにはいないと知られる前に、雪媛が現れてくれればそれでいい。

碧成の望む通り雪媛と再会させてやり、そして雨菲の望む通り、雪媛を不慮《ふりよ》の事故を装《よそお》って消してしまえば。

（早く出てこい、柳雪媛――）


「芳明？　そんな人は知らないねぇ」

「……そうですか」

天祐は項垂《うなだ》れ、礼を言ってその店を出た。

これで五軒目。

志宝とともに街の酒楼を回っては、母がいないかと覗き込んだ。志宝が教えてくれた青龍楼にもその姿はなく、近くの似たような名の店で聞き込んでみても、誰も彼女を知らなかった。

「そういえば、神女様の侍女《じじょ》がそんな名前だったわよねぇ。今は神女様の命で、浙鎮《せっちん》にいるって噂じゃなかった？　ほら、前の陛下のところ」

そんな話も聞いたが、どう考えても母とは別人だ。

天祐は手に大ぶりの木の枝を携《たずさ》えていた。志宝のふりをするために、杖の替わりとして適当に拾ったものだ。

「まただめだったの？」

外で待っていた志宝が言った。

「うん……」

「ほかに、誰か知り合いはいないの？」

首を横に振る。

「そっかぁ……」

「あ、そうだ。あの時の武官様！」

数年前に村を訪ねてきた男は母と親しげで、都から来たと言っていた。

「あの人なら、お母さんの居場所を知ってるかも」

「なんていう人？」

「えーと……」

会ったのは一度きりで、自分も幼かったために記憶が曖昧《あいまい》だ。

「確か……せい……せい……なんだったかなぁ」

「――ああっ！　志宝様！」

突然、声が上がった。

振り返ると、必死の形相の男が二人、こちらに駆けてくる。

「ま、まずい。追っ手だ！」

志宝が後退《あとじさ》る。

「隠れて！　後で、あの橋のところで落ち合おう！」

志宝は角を曲がると、停めてあった荷車の陰に隠れて蹲《うずくま》った。

天祐はそれを確認すると、後方に目を向けた。男たちが曲がり角から飛び出してくると、自分の姿がよく見えるように全速力で駆けだす。

「志宝様、お待ちください！」

「あ、あんなに走れるのか⁉　歩くことも覚束《おぼつか》ないんじゃ――」

男たちは、必死になって後を追ってくる。

その様子を肩越しに確認して、天祐はしめしめとほくそ笑んだ。計画通り、彼らは自分を志宝だと思い込んでくれたらしい。

細い路地を縦横無尽《じゅうおうむじん》に駆け回って、男たちを撒《ま》いていく。一人は転び、もう一人が通行人にぶつかるのが見えた。

やがて追ってくる足音も声も聞こえなくなった頃、天祐は息を切らして立ち止まった。

「……ふふふっ、ざまあみろ！」

子どもを攫おうとする悪い大人を出し抜いてやった快感に、肩を揺らして笑い声を上げた。なんて気分のいいことだろう。

（よし、橋に行こう。志宝が待ってる）

空を仰いで少し息を整える。

天祐は、軽い足取りで歩きだした。

しかしその途端に、路地の角から出てきた人物と思い切りぶつかってしまった。天祐はその衝撃で地面に尻餅《しりもち》をついてしまう。

「いたた……ごめんなさい」

痛みに顔をしかめた。

ぶつかった相手は何も言わない。怒っているのだろうか、と天祐は腰を摩《さす》りながら恐る恐る相手を見上げた。

大柄な男。その顔は、逆光でよく見えなかった。

ただじっと、天祐を見下ろしている。

「――王志宝君だね？」

「え？」

天祐は驚いて、目を瞬《まばた》かせる。

「声を出さないで。大丈夫、おとなしくしていれば何もしない」

いつの間にか、男の手には光る小刀が握られていた。

「怖がらなくていい。おじさんはね、君のお母さんに頼まれたんだよ。親戚のおうちに、しばらく預けたいってね……」


橋の袂で、志宝は天祐をじっと待っていた。

別れてから、随分《ずいぶん》と時間が経《た》った。

だが一向に、彼が現れる気配はない。

もしかしたら、捕まってしまったのだろうか。

とはいえ、先ほど追いかけてきたのは、王家の使用人たちだった。志宝の顔を知っている彼らが、遠目に見た天祐を自分と間違えて追いかけていったとしても、実際に捕まえれば別人とすぐにわかる。

（まさか、僕の居所を白状しろと尋問《じんもん》されているんじゃ……）

だんだんと、志宝は不安になってきた。

膝を抱えて、暗くなり始めた空を見上げる。

天祐は、夜が更《ふ》けても姿を見せることはなかった。

※この作品はフィクションです。実在の人物・団体・事件などにはいっさい関係ありません。

集英社オレンジ文庫をお買い上げいただき、ありがとうございます。
ご意見・ご感想をお待ちしております。

● あて先
〒101-8050　東京都千代田区一ツ橋2-5-10
集英社オレンジ文庫編集部 気付
白洲　梓先生

集英社
オレンジ文庫

威風堂々悪女 9

2022年3月23日　第1刷発行

著　者　白洲　梓
発行者　北畠輝幸
発行所　株式会社集英社
〒101-8050東京都千代田区一ツ橋2-5-10
電話【編集部】03-3230-6352
【読者係】03-3230-6080
【販売部】03-3230-6393（書店専用）
印刷所　大日本印刷株式会社

ISBN 978-4-08-680438-7 C0193

漫画版
威風堂々
命を燃やし、運命へ抗う――！
この傷は後の戦《いくさ》で
敵将との一騎打ちでできるはずの傷だ――
――すべてを――
すべてを変えることができるのかもしれない――
電子レーベル「ココロマンス」より
各電子書店